メディアワークス文庫

ニセモノ夫婦の紅茶店
〜あの日の茶葉と二人の約束〜

神戸遥真

目　次

Prologue

紅茶専門の喫茶店、ティールーム《渚《なぎさ》》。木造古民家のそのお店は、千葉は房総半島の南西端、館山《たてやま》の潮風香る海のそばに建っている。

開店時間の午前十一時。その日もいつもどおり、私が店の外に立て看板を出していると、ご近所に住む常連のお客さんに声をかけられた。

「おはよう、奥さん」

私こと行木《なめき》あやめは、この《渚》の店主、佐山秀二《さやましゅうじ》さんの奥さん——ということになっている。

色々あって現在《渚》で働いている私と秀二さんの間には、四つのルールがある。

1. 互いの部屋には入らない
2. 共同生活に関わることは一人で判断しない
3. 本当の夫婦でないことは他言しない
4. どちらか一方の申し出により、いつでも関係を解消できる

けど、これは私たち二人だけの秘密だ。

「おはようございます」

「もうお店開いてる？」

「もちろんです」

私は店のドアを開け、紅茶の香る温かなお店に今日もお客さんを迎え入れる。

小さな波風やぶつかることもたまにはあるけど、それでも私はこの小さなお店で秀二さんと送る穏やかな日々を愛している。

こんな毎日がずっと続きますようにと願うほどには。

——けど、平穏な日々ばかりとはいかないもので。

誰が予想できただろう。まさか、あの人が《渚》《ここ》を訪れるなんて……。

1．秘密の紅茶〈Kenya Tea〉

閉店の午後五時を回って店の外に出ると、もう夜の帳《とばり》が下りていた。

雲のない澄んだ夜空では、冬の星座が美しく瞬《またた》いている――かもしれないが、肌の表面から瞬時に熱を奪うような凍《い》てつく潮風に、のんびり眺めている余裕はない。私は身体《からだ》を縮こませつつ外に出していた立て看板を回収し、店の中に駆け戻った。

「花が咲いてるのに、全然暖かくならないんですね」

コートを羽織らず外に出てしまったので、袖まくりしていた両腕がすっかり冷えてしまった。手のひらでさすっていると、秀二さんは茶器などを片づけながら、「当たり前でしょう」と素っ気なく応える。

「今咲いているのは、春の花じゃないんですから」

一月下旬、館山は花摘みの季節を迎え、バスツアーやドライブで訪れる観光客の姿が増えてきた。菜の花やポピーが黄色やオレンジの色鮮やかな花を咲かせて街を明るく彩り、春を先取りしたような景色があちこちで見られる。

とはいえ、秀二さんの言葉のとおり、それらの花は寒さに強い品種で季節はまだまだ冬の最中。放射冷却で朝晩は零度近くまで冷える日も多く、私たちが暮らす木造古民家の夜はとっても寒い。

その日の晩、店仕舞いを終えて一緒に夕食をとったあと、いつものことだけど秀二さんは早々にリビングの炬燵《こたつ》に潜り込んだ。年末に買った炬燵を秀二さんはすっかり気に入ってしまい、ことあるごとに「人類史上最も優れた発明」だのなんだのと口にする。なんでも生まれてこの方、炬燵が家にあったことがなかったらしい。

炬燵がなかったなんて信じられない、と絶句した私に、秀二さんはさも当然のように言ってきた。

——床暖房があると、炬燵を買おうという発想にはならないみたいですね。

今は田舎町で紅茶店の店主などをしているが、その実、貴族みたいなどこか浮き世離れした雰囲気も納得の名家の次男。床暖房のある家とは縁のなかった私とは、生まれも育ちも違うのだった。

食器洗いを終えて炬燵の方を見ると、秀二さんはノートパソコンを広げていた。仕事のメールでも片づけるのだろう。私も自室から読みかけの文庫本とメモ帳を持ってきて、秀二さんの向かいにそっと座る。炬燵はダイニングテーブルより一回り小さく、距離が近くて足の置き場に気を遣う。一緒に過ごせて嬉《うれ》しい反面、いまだにちょっと落ち着かない。

「……その本、まだ読んでるんですか？」

と、私が持ってきた文庫本を見て秀二さんが訊《き》いてきた。タイトルは『紅茶刑事の事件簿～ダージリンと命懸けの茶会～』。秀二さんが好んで読んでいるミステリー小説のシリーズ第一巻だ。

「まだ半分ってところです」

「貸したの、二週間くらい前ですよね？　毎晩読んでいるし、そろそろ次を貸そうかと思っていたんですが」

シリーズは現在二十巻まで出ており、続刊も予定されているという。

「読むの遅いんですよね。気になったところはメモしながら読んでるし、半分読んだところで頭から読み直してるし」

そう答えてから、筆記用具がなかったことに気づいて私は再び炬燵を出た。文房具や書類ファイルなどが置いてある、壁際の小さな棚の上、ペン立てにしている缶から一本ボールペンを抜く。

「メモを取りながら読むような話じゃないでしょうに」

「そうですか？　自分でも犯人の推理したいじゃないですか」

そう答えつつ、棚の上のラックにファイルと一緒に立てられている透明なクリアファイルに気がついた。手のひらサイズのシンプルなメモが一枚、挟み込まれている。

去年の七月、私がここに住むとなった際、二人で四つのルールを決めた。それを秀二さんが清書したメモだ。

1．互いの部屋には入らない
2．共同生活に関わることは一人で判断しない
3．本当の夫婦でないことは他言しない
4．どちらか一方の申し出により、いつでも関係を解消できる

ルールはたったの四つだしもちろん暗記していたけど、まさかあのときの原本がちゃんと保管されているとは思わなかった。

「どうかしましたか？」

「なんでもないです」

知ってはいたけど、マメな人だ。

私が再び炬燵に戻ると、今度は秀二さんが何かを思い出した顔になって炬燵から立ち上がった。

「紅茶、飲みますか？」

「あれば飲みますよ。淹《い》れてくれるんですか？」

「あなたに飲んでいただきたい紅茶があるのを思い出したんです」

思わせぶりに聞こえなくもない、そんな言葉にドキリとした私には気づかず、秀二さんは自室に戻って小ぶりな紙袋を取ってくるとそのままキッチンに立った。水を注いだやかんを火にかけ、持ってきた紙袋の中身をダイニングテーブルに広げ始める。

好奇心に負け、私も炬燵から抜け出てダイニングに向かった。テーブルの上にあるのは、大小様々な茶葉のパックやティーバッグの箱などだ。

「どうしたんですか、これ」

「少し前に、気になっていたものを色々取り寄せたんです」

湯が沸騰してやかんが音を立てる。そうして秀二さんがティーポットに湯を注ぎ、ティースプーンで量った茶葉を入れるやいなや、自己主張の強い甘い香りが辺りに広がった。

「これ、チョコレートのフレーバードティーですか？」

茶葉そのままを味わうブラックティーに対し、茶葉に香料などで香りづけをしたもののことをフレーバードティーと呼ぶ。ベルガモットの香りをつけたアールグレイティーなどが有名だ。

ちなみに、ローズティーやミントティーなど、茶葉に花や果実そのものを混ぜて香りづけをしたものは、センティッドティーというそうだ。

私もすっかり紅茶に詳しくなってしまった、などとしみじみしていたら、秀二さんが説明してくれる。

「もうすぐバレンタインでしょう？　期間限定でお店に出してみようかと思っているのですが、参考にあなたの感想も聞こうかと」

「秀二さんに『バカ舌』と呼ばれる私でよければ」

「バカ舌は承知していますので、どうぞお気軽に飲んでください」

漂うチョコレートの香りの中でそんなやり取りをしつつ、私はダイニングテーブルの上にあるほかのパックや箱を眺めた。輸入品もいくつかあり、英語ではなさそうなパッケージの文字はまったく読めない。紅茶の世界も奥深い……。

いくつかあるパックの中に、とりわけ小さなものが一つあった。ティーバッグ数個分くらいの大きさと薄さ、簡素だがどことなく上品なパッケージ。辛《かろ》うじて「Darjeeling」という単語が判別できる。

「ダージリンですか？」

《渚》でも定番の、馴染《なじ》みのある茶葉だ。確か、インドの紅茶だったか。

「そうです。もっとも、その茶葉は完全に趣味で買ったものですが」

「趣味？　お店には出せないってことですか？」

「いくらだと思います？　その一パックで二十グラムなんですが」

カップ一杯分の茶葉は、ティースプーン一杯分、三グラム程度だと聞いた気がする。

ということは、おおよそカップ七杯分。

「ちょっとお高くて……千円、とか？」

「『お高い』という部分だけ当たっています」

砂時計の砂が落ち切った。秀二さんが、蒸らしていたティーポットの中身を、茶こしを使いマグカップに移し替える。途端にチョコレートの香りが強くなった。

「正解、教えてくださいよ！」

「おおよそ四千円です。うちの店で扱っている茶葉の、五倍以上の価格といったところでしょうか」

これっぽっちで四千円。思っていた以上にお高い茶葉だった。

「ダージリンのファーストフラッシュ——要は一番摘み、新茶です。栽培される茶園や時価で価格もだいぶ変わりますが、昨年のものなのでこれでも安く買えた方ですね」

「ダージリンって、そんなにお高いんですか……？」

近所のスーパーでもよく見かけるような茶葉だし、気軽な紅茶だと思ってた。

「すべてが高いわけではありませんよ。さっきも言いましたが、こちらは一番摘みです。世間一般に『ダージリン』として馴染みがあるのは、夏摘みのセカンドフラッシュや、秋摘みのオータムナルになると思います」

去年の夏、秀二さんが私に初めて淹れてくれた紅茶が、ダージリンのセカンドフラッシュだったことを思い出した。水色は濃い橙色《だいだいいろ》。さっぱりした爽やかな味わいで、疲れた身体に嬉しかった。

「ダージリンにも色々あるんですね」

「そういうことです。それに、これは特定の茶園の、要はブランド品みたいなものですから。手頃な価格帯のファーストフラッシュだってありますし」

私の時給よりもお高い茶葉のパックをそっと手にし、蛍光灯にかざすようにして観察する。

「もったいなくて、特別なことでもないと飲めませんね……」

そうしてチョコレートの香り漂う紅茶のカップを手に、私たちはリビングの炬燵に戻った。マグカップに注がれた気軽な紅茶は濃い赤褐色で、とろけるような甘い香りが強く、でも味はいたってシンプルな適度な渋みのあるものだ。

「これ、香りが強いし、一緒にチョコレートを食べると鼻と舌が混乱しそうですね。

砂糖菓子なら合うかも」

「確かに。あなた、お茶とお菓子の組み合わせについてはわりと的を射たこと言いますよね。バカ舌ですが」

「余計なひと言を言わない秀二さんって、この世には存在しないんですかね？」

そんな風にポツポツ紅茶の感想を言い合い、やがてそれぞれパソコンと本に意識が戻って静かになった。午後九時半を回った頃に、秀二さんと交代でお風呂に入る。身体の芯まで凍りそうな一階の風呂場から二階の自室に早足で戻り、ドライヤーで長い髪を乾かしたらようやくひと心地ついた。

廊下に出ると、秀二さんの部屋のドアは半開きになっていて、中の電気は消えていた。まだリビングにいるらしい。

一つ屋根の下とはいえ、寝間着とスッピンを晒《さら》すことにもすっかり慣れてしまった自分をどうかという思いも抱きつつ、リビングを覗《のぞ》いてみる。

「秀二さん……？」

秀二さんは風呂上がりのまま髪も半乾きで、自分の腕を枕に炬燵のテーブル上に突っ伏して眠っていた。ノートパソコンは閉じ、メガネはかけたままだ。

「もう、何回言えばわかるんですか！　炬燵で寝ると風邪引きますよ！」

肩を揺すると、整った顔立ちが台なしもいいところ、ものすごく不機嫌そうな目を向けられた。常々思う、炬燵は本当に人をダメにする。

「炬燵で寝ると風邪を引くって、科学的な根拠でもあるんですか？」

「先人の教えです！　あぁもう、髪も湿っぽいし……」

自室からドライヤーを持ってきて、メガネを外してぼうっとしている秀二さんの後頭部目がけて熱風を当てた。

「髪もちゃんと乾かさないと傷むんですからね！」

小姑《こじゅうと》のようにごちゃごちゃ言う私にも慣れたもので、静かに目を閉じた秀二さんはされるがままになっている。その横顔を見つめ睫毛《まつげ》が長いなどと思いつつ、髪にそっと指を通すと、鼓動が抑えようもなく速くなって指先がじわりと熱を持った。

私が元美容師見習いだということもあり、最近では髪に関してはすっかりお任せみたいな空気になっている。ドライヤーを使いたがらない秀二さんの髪を乾かしても何も言わないし、髪が伸びれば切れと言ってくる。役得だ。私に拒否する理由はもちろんない。

クセがなくてまっすぐな黒髪をサラサラになるまで乾かしてあげると、秀二さんは素直に「ありがとうございます」と礼を言ってメガネをかけた。

そんな風にしていると、夜ももうすぐ十一時。何かにつけて家電を壊すという特技を持っている秀二さんには触らせないようにして、私は炬燵のスイッチを切った。一緒に炬燵を出てリビングの電気を消し、「おやすみなさい」と言い合ってそれぞれの部屋に引き上げる。

部屋で一人になって、お風呂と炬燵で温まった身体の熱を逃がさないよう、そそくさと布団の中に潜り込み電気を消す。

……バレンタイン、どうしよう。

夫婦のフリをしているとはいえ、ここに住み始めた当初は秀二さんはあくまでただの同居人、他人だった。けど色々あって、今はなんとなく一緒にいる時間も増えて〝家族〟みたいな関係、ということで落ち着いている。近すぎず離れすぎずの、今の関係は心地いい。そして、心地よすぎるからこそ、好きだと思えど何もできないままでいる。

なのに、バレンタインという単語に、私の中の恋する乙女は勝手に胸を躍らせてしまう。チョコをあげたらどんな反応をするだろう？　告白するならどんな言葉？　なんて妄想が止まらず布団の中で身を捩《よじ》る。冷静になれ、と深呼吸するも、バレンタインだし、と浮かれる気持ちは消えるどころかますます強くなる。

ここは思い切って、チョコと一緒に想《おも》いを伝えてみたらどうだろう？

でも、秀二さんにとっては私なんて世話の焼ける妹とか、そんな感じでしかないかもだし……などと悶々《もんもん》とし始めていたときだった。

枕元でスマホが振動し、暗い部屋の中で眩《まぶ》しい光を放った。手を伸ばしてスマホを引き寄せ、待ち受け画面をタップする。

メッセアプリのフレンド申請……？

表示された名前に、さっきまでの浮ついた気持ちが跡形もなく吹っ飛んで、心臓がにわかに嫌な音を立て始める。

『大川敦久《おおかわあつひさ》』

疑問を感じる前に反射的に「ブロック」をタップして申請を削除した。

スマホを枕元に伏せ、急に上がってしまった呼吸を落ち着かせる。

なんで今さら、敦久さんから？

私が館山《ここ》に辿《たど》り着《つ》くことになった元凶。浮気をした上に、「文句があるなら出てけ」と言い放った元カレだ。だいぶ前にスマホの電話帳からも削除して、もうその名前を見ることなどないと思っていたのに。

……見なかったことにしよう。

頭をバレンタインのことに戻し、どうせ贈るなら手作りのお菓子にしようと決めて眠りに就いた。

◇◆◇

不穏なフレンド申請が頭の片すみに引っかかっていたものの、その後は特に何もなく、その存在すらすっかり忘れた頃には二月になった。

店の周囲でも黄色い菜の花がかわいらしく咲いているのに、季節はまだ冬を抜けず海風は冷たい。寒さに負けてそそくさと店の外の掃除を終え、開店時間になってすぐのこと。

本日、一人目のお客さんが現れた。

「こんちはー」

まるで常連の居酒屋にでも入ってくるような気さくさで顔を覗かせたのは、二十歳前後と思《おぼ》しき青年だった。

サイドを刈り上げた茶髪、黒いピーコートにダメージジーンズ。耳にピアスこそないものの、腰にはシルバーのチェーンが垂れ下がる。バンドマンスタイルとでもいうんだろうか。

初めて見る顔だけど、観光客にしては目立つ出《い》で立《た》ちだなと思いつつ、「いらっしゃいませ」と迎えた。

「カウンターとテーブル席、どちらに――」

「あなたが『あやめちゃん』っすか？」

その彼は私の言葉を遮って前のめり気味に訊いてくるなり、にかっと顔中で笑んだ。

困惑した私が目を瞬いていると、直後、両手で私の右手をがしりと掴《つか》んで握手するようにふってくる。

「いつも、うちのばーちゃんがお世話になってます！」

「俺、新山颯太《にいやまそうた》っていいます。あ、大学二年っす。よろしくっす」

元気はいいが軽薄そうにも思える語尾で自己紹介したその青年は、《渚》の近くで《ペンション　ミサ》を経営している新山夫妻のお孫さんだった。

「すっげー、本当に紅茶しかない！」

ここに来てから一人にぎやかな颯太くんは、今はカウンター席に座ってメニューを眺めている。

「もしかして、美沙《みさ》さんに言われてここに来たんですか？」

美沙さん、というのが新山夫妻の奥さんだ。自家栽培の野菜などを手土産に、頻繁にこのお店に来てくれる常連さん。そして、私がここに来て最初に親しくしてくれたご近所さんで、かつ私と秀二さんが夫婦設定をすることになったきっかけを作った人だったりもする。

「そうっす！　若いご夫婦がやってる喫茶店があって、いつもよくしてもらってるから挨拶に行ってこいって、ばーちゃんが」

美沙さんが六十代であることは知っていたけど、普段は歳《とし》の離れた女友だちみたいな気さくさもあり、「ばーちゃん」と連呼されると不思議な感じだ。

「新山さんには、こちらこそいつもお世話になっています」

秀二さんもカウンターで湯を沸かしつつ、颯太くんに声をかけた。

私はお冷やとおしぼりを出しつつ、「大学は今は春休みですか？」と訊く。

「そうっす！　親に暇ならジジババに顔見せてこいって言われて。あ、俺んちは千葉市にあるんすけど……」

おしゃべりが好きで元気で明るく、ときに強引なところもある美沙さんを思い出し、なるほど血は争えないという感想を抱く。

颯太くんは「よくわかんないんでお任せするっす！」と結局メニューを閉じ、秀二さんが薦めたニルギリティーにした。

「ニルギリティーは、美沙さんがこのお店でよく飲まれている紅茶です」

「あ、それなら安心っすね。ばーちゃん、料理うまいし舌は確かだから」

「南インドの紅茶で、『青い山』を意味するニルギリ高原が産地になります。あまりクセがない味で、飲みやすいと思いますよ」

「へぇー」

颯太くんは秀二さんの蘊蓄《うんちく》に素直に感心したのかと思いきや、こんなことを言いだした。

「ばーちゃんが言ってたとおりっすね。旦那さん、紅茶のことになるとめっちゃしゃべるって」

つい吹き出した私を秀二さんは横目で睨《にら》み、肩をすくめて茶器の用意を始める。

「あ、そーだ。なんかお店が素敵なんで、大事なことすっかり忘れてたっす」

「大事なこと？」

颯太くんはちょっと居住まいを正して私に向いた。

「俺も昨日来たばっかりなんであれなんすけど、ばーちゃんの様子がなんとなく変なんすよね。何か聞いてないっすか？」

颯太くんはニルギリティーを飲み、ついでにランチもとサンドイッチを注文し、終始にぎやかなまま昼過ぎに店を去っていった。

「あなたとはまた別種の珍獣に遭遇した気分です」

秀二さんがそんな風に呟《つぶや》いた。秀二さんは、いまだに私のことを「珍獣」などとことあるごとに呼ぶ。

「ジェネレーションギャップって奴《やつ》じゃないですか？」

カウンターの片づけをしつつ、先月三十路《みそじ》になったばかりの秀二さんに皮肉交じりに返す。とはいえ、私も未知との遭遇を終えた気分にはなっていた。

「大学二年生ということは、あなたと同世代でしょうか？」

「私の方が二つ上ですけどね。でも、同世代感を覚える間もなかったです」

私自身は大学には行かず美容専門学校に通っていたこともあり、現役大学生と同世代と言われてもしっくりこないのもある。

「それにしても、美沙さんの様子が変だっていうの、気になりますね」

颯太くんによると、いつもは途切れることなくしゃべっているような美沙さんが、何かにつけてぼうっとしてばかりいるのだという。

　とはいえ、颯太くんも祖父母とは年に数回会うだけだし思い過ごしかもしれないとのことで、私に訊いたらしかった。

「先週話したときは、これといって気になったこともなかったですけど……」

「様子、見にいってきたらどうですか？　ちょうどいつも買われている茶葉が切れる頃ですし、先日もらった大根のお礼にでも持っていってください」

　美沙さんはペンションで出す紅茶の茶葉を、うちの店で買ってくれているのだ。

　そんなわけで、店が少し暇になった午後二時過ぎ、私は茶葉のパックを手に《ペンションミサ》へ向かった。海側から山の方へ伸びる坂道の途中、背の高い生け垣に囲われた白壁の三階建ての建物がそれだ。

「あら、わざわざよかったのに！」

　颯太くんは「なんとなく変」と心配していたけど、玄関先にエプロン姿で現れた美沙さんはいつもどおり声も大きく元気そうで、これといって変わった様子は見受けられない。颯太くんの思い過ごしならそれに越したことはないだろう。

　私は大根のお礼を述べて茶葉を渡し、少し世間話をしていくことにした。

「最近はお客さん多いんですか？」

「そこそこ埋まってるよ。花摘みの季節だしねー」

二月、野山はまだ冬模様だけど、花園だけでなく町のあちこちで花が咲いているのを見かけられる。花壇に植えられたポピーやパンジー、道ばたや畑に咲く菜の花。菜の花を見たこと自体はあったけど、まるでタンポポのように町のあちこちで黄色い花が群生している姿には土地柄を感じる。

そういえば、と私は二月になったら調べようと思っていたことを思い出して訊いてみた。

「この辺に、レンタルキッチンってあったりしませんか?」

バレンタインだからとはり切って告白するかはともかく、サプライズでケーキを用意するくらいはいいんじゃないかと思い、どこかでこっそりケーキを焼ける場所がないかずっと考えていたのだ。

まぁ、サプライズでケーキなど作ろうものなら、その時点で気持ちはバレバレのような気もするけど。

「レンタル? おうちのキッチンの調子でも悪いの?」

「そういうわけじゃないんですけど……」

声を潜め気味にしてバレンタインの計画を打ち明けると、美沙さんは「キャッ」と声を上げて私の肩をバシバシ叩《たた》いた。

「あやめちゃんってば、ラブラブなんだから！」

美沙さんは、以前は私のことを「佐山さんの奥さん」と呼んでいたけど、最近は親しみを込めて「あやめちゃん」と呼んでくれる。歳の近い友だちみたいでちょっとこそばゆいその呼称もあり、なおさら颯太くんの「ばーちゃん」はピンと来ないのだった。

「レンタルキッチンはわからないけど、それならうちのキッチン使う？」

「え、いいんですか？」

「もちろん。ちょっと見てみる？」

そういえば、《ペンション　ミサ》の中に入るのは初めてだ。美沙さんが《渚》の常連さんだということもあり、店に来てもらうばかりで私がペンションを訪ねる機会はあまり多くない。

玄関から壁伝いに裏口へ回り、中に通されるとキッチンはすぐだった。設備は充実、四口コンロに大きな冷蔵庫と貯蔵庫、オーブンレンジなどが並んでいて、両手を伸ばしても壁に手が着かない広さだ。

「本格的ですね」

ここで宿泊客の食事を作っているのだから当然だとはいえ、ちょっと感動してしまう。《渚》の店主である秀二さんもだけど、自分の城を持っているかのようで尊敬すら覚える。

「昼過ぎなら使ってくれてかまわないよ。使いたい日が決まったら連絡して」

「ありがとうございます！」

「あ、よかったらレシピ本とか見る？」

美沙さんは次に、キッチンの入口脇にある棚の前に案内してくれた。こちらにはレシピ本や料理関連の本がたくさん並んでいる。

「お菓子の本もたくさんあるから、気になるのがあったら持っていっていいよ」

「美沙さん、お菓子作りも好きなんですね」

「そうなの、好きなんだけどね――……」

美沙さんは頬に手を当て、はぁ、と悩ましげなため息をつく。

「メタボって言われちゃって」

つい美沙さんの身体を見てしまった。すごく痩せてるってわけじゃないけど、標準的な中年女性の体型という感じだ。身長は私より少し低い。

「先月、人間ドックに行ってね。メタボって診断されちゃって、もうショックでショックで。今ダイエット中なの。テレビで紅茶がダイエットにいいって言ってたんだけど本当？」

「どうでしょう……秀二さんに訊いてみますね」

そうしてチョコレート菓子のレシピ本を二冊ほど借りて、私は《ペンション　ミサ》をあとにした。

店に戻ると、テーブル席に観光客らしい三人組のグループがおり、すでに紅茶のサーブは終わっていた。

「すみません、ちょっとゆっくりおしゃべりしちゃいました」

謝りつつカウンターに戻ってエプロンを巻いていると、秀二さんは「かまいませんよ」と応えた。それから、茶器を拭く手を止めずに訊いてくる。

「美沙さんとお話はできたんですか？」

「はい。しゃべった感じはいつもどおり元気でした。もしかしたら様子が変なの、人間ドックの診断のせいかもしれません」

「どこか悪いところでもあったんですか？」

「メタボって診断されたから、ダイエットしてるって。あ、紅茶はダイエットに効くのかって訊かれました」

「どうでしょう……。カフェインは脂肪の燃焼を促す作用があるらしいですが、即効性があるようなものではないかと」

「そうなんですか」

秀二さんはそれ以上のコメントはせず、どこか気怠《けだる》げにカウンター内の椅子に腰かけた。一方、私はテーブル席のお客さんたちが席を立ったのを見て、レジカウンターの方に移動する。

こうしてお客さんがいなくなり、カウンターの秀二さんに声をかけた。

「今回は美沙さんのことに首突っ込むの、何も言わないんですね」

秀二さんはわずかに顔を上げた。

「新山さんには何かとお世話になっていますし、お孫さんにも訊かれましたし。様子を見るくらいなら、別にかまわないでしょう」

以前は、他人の事情に首を突っ込むなと、目を吊《つ》り上《あ》げるように釘《くぎ》を刺してきた人なのに。

「秀二さん、三十過ぎて丸くなりました？」

「角が取れた老人みたいな言い方しないでください。首を突っ込むにしても、相手と度合いを考えろというだけです。あなたには、その見境がないのが問題なんですよ」

そんなやり取りをしていたら店のドアが開いた。「いらっしゃいませ」と二人声を揃《そろ》え、新しいお客さんを迎えた。


その日の晩、夕食後。

いつものように炬燵に直行するのかと思いきや、秀二さんは「疲れ気味なので」と覇気のない口調で言い置くと、珍しくさっさと引き上げた。そのままお風呂に入り、すぐに寝てしまったらしい。

そういえば今日、手が空く度に秀二さんはカウンター内の椅子に腰かけていたような。立ち仕事がしんどいほどなら、言ってくればいいのに……。

一人でリビングの炬燵を使うのももったいなくて、私も早々に自室に引き上げ、風呂を済ませて布団にくるまりながら『紅茶刑事の事件簿』の続きを読んだ。極度の紅茶好きが玉に瑕《きず》の敏腕刑事、田尻太郎《たじりたろう》。人呼んでダージリン刑事が第二の事件現場に到着する……。

——何か大きな物が落ちるような音にハッとした。

いつの間にか寝落ちしていたようで、本を広げたまま枕に突っ伏していた。部屋の電気は煌々《こうこう》と点《つ》いたままで、スマホを見るともう日付が回っている。ちゃんと寝なければと電気紐《ひも》に手を伸ばしたものの、さっき聞こえた音のことを思い出して身体を起こした。

泥棒……なんてことはないだろうけど。

いかにも金目のものがなさそうなこんな古民家だし、大丈夫だろうとは思いつつも、不安になってそっと階段を降りた。

冷たい空気にすぐに身体が冷えて両腕を抱き、部屋を出てそっと階段を降りた。一階、裏口の施錠を確認し、浴室と納戸も見てから二階に戻る。キッチンとリビングを覗いてみるが、これといって異常はない。

外の音だったのかもしれない。折れた木の枝が落ちたとか……。

自室に戻りかけた私は、そのまま回れ右をして向かいにあるドアを見た。秀二さんの部屋のドアだ。

『互いの部屋には入らない』というルールが脳裏を過《よ》ぎる。

勝手に入ることはできないし、そもそも疲れて早々に眠ってしまった人をこんな夜中に起こすのは非常識だ。

何もなかったんだしと、不安を追いやって私は自室に戻った。

ルールとして明文化はしていないが、私と秀二さんは日々の食事当番も決めている。サンドイッチしか作れない秀二さんは朝、そして私が昼と夜の担当が基本だ。それもあって、秀二さんはいつも朝は私より少し早く起き、サンドイッチを黙々と準備している——

のが普通なのに。

◇◆◇

翌朝、顔を洗って身支度を整えたあと、キッチンを覗いた私は半ば呆然《ぼうぜん》として立ち尽くした。

空っぽのキッチンには誰もいない。こんなこと、今までなかったのに。

自室に戻ってスマホを見たが、メールや着信は一切ない。急用で家を空けたとか、そういうことではないらしい。

だとすると……？

スマホを手にしたまま廊下に出た私は、秀二さんの部屋のドアをノックした。

「おはようございます。秀二さん、いますか？」

私の声ばかりが空《むな》しく響いて返事はない。じれったくてドアノブに手をかけるも、『互いの部屋には入らない』というルールを思い出し、ひとまずドアに耳をくっつける。

何も聞こえな――くない。

小さく咳《せ》き込《こ》む声が聞こえ、慌てて手をかけていたドアノブを回した。

ベッドの足下、なぜか床の上で毛布にくるまって倒れている秀二さんが目に飛び込んでくる。一瞬固まってしまったものの、すぐに青くなって駆け寄った。

「秀二さん⁉」

名前を呼ぶと、秀二さんはいかにもだるそうな様子でゆっくりと目蓋を開いた。メガネはなく、ベッドのそばの机の上に置かれたままだ。

「騒々しい……」

掠《かす》れた声が聞こえてきてわずかに安堵《あんど》したが、すぐにその目蓋は再び閉じられてしまう。

「なんでこんなところで寝てるんですか」

その肩を揺すろうと触れ、思わず手を引っ込めた。とんでもなく熱い。

「水を飲もうと起き上がったら、ベッドから落ちて……」

小さな声で説明されてハッと思い当たる。

夜中のあの音、秀二さんがベッドから落ちる音だったのでは。

「まさか、そのまま起き上がれなくてここで寝てたんですか？」

返事をするのもしんどいのか、秀二さんは目を閉じたまま黙っている。上半身を起こそうと背中に腕を回すも、その重さにバランスを崩して尻餅をつき、熱い身体が重たくのしかかってきて動けなくなってしまう。

ドキドキしている状況じゃない、熱ですっかり赤くなっている頬に触れた。

「秀二さん、しっかりしてください！」

「このまま寝かせてください……」

「何言ってんですか！　このままじゃ風邪引いちゃいますよ！」

なんて言った自分に内心全力で突っ込んだ。もう風邪引いてるし！

両腕に力を込めてその身体を起こそうとするが、自立する意思のない人間の身体はあまりに重い。なんとか秀二さんの下から這《は》い出《で》て、ぐったりした身体を横たえた。

もはや悪態すら聞こえず血の気が引く。

病院へ……でもまだ朝早いし、やってない？　そもそもどうやって？　タクシー？

いっそ救急車呼んで——

落ち着けと思うのに、元気なはずの私の視界まで回るようだった。膨らむ一方の嫌な想像に身体が言うことを聞かない。

もし秀二さんに何かあったら……。

震える手になんとか力を込めてスマホを操作すると、美容学校時代の友人・葵《あおい》からのメッセを報《しら》せる通知があって、咄嗟《とっさ》に電話をかけた。が、すぐに切る。館山に来たこともない葵に相談しても困らせるだけだ。連絡するなら……――

ポーン、となんとも間の抜けた音が家中に響いて思考が中断した。

裏口の呼び鈴だ。

横になった秀二さんの上に、毛布とベッドのすみで丸まっていた布団をかけ、足を滑らせながら転げるように階段を降りる。

音を立てて裏口のドアを開けると、パン屋の小村《こむら》さんの旦那さんが立っていた。週に三日、店で使う食パンの配達に来てくれるのだ。

「いつもと違うルートだったからだいぶ早く着いちゃったんだけど、大丈夫だった？今日の分の――」

藁《わら》にもすがる思いで、私は小村さんの腕を掴んだ。

小村さんは事態を把握すると、すぐさま美沙さんに連絡してくれた。小村さんの軽バンは配達予定のパンが満載で秀二さんを乗せることができないとのことで、美沙さんの孫の颯太くんが車を出してくれることになり、市内の救急対応をしている病院まで秀二さんを運んだ。

「熱は高いですが、ま、風邪じゃないですかね」

診察してくれた医師の口調はあまりに軽く、「ちゃんと診てくれたんですか⁉」と詰め寄りたくなったものの、その後の説明を聞いて冷静になった。

インフルエンザの検査では陰性、軽い脱水症状を起こしているので、今日のところは点滴で処置するとのこと。

「疲れが溜《た》まっていたんじゃないですか？」

秀二さんは、《渚》とは別に茶葉の販売の仕事もやっている。抱えている仕事はそれなりにあるのだろう、夜や休日もパソコンをいじっていることが多い。疲れて当たり前なのに、私はそんなことにも気づいてなかった。

処置室のベッドに寝かされ、薄い布団をかけられている秀二さんの手に指先で触れるとまだ熱かった。病院にはあまり縁のない私は注射も苦手で、点滴とはいえ、腕に針が刺さっている状態で眠っているのを見るだけでも生きた心地がしない。

もっとちゃんと、秀二さんのことを見ていればよかった。

昨日の時点で、顔色が悪そうだとか気づけていれば、こんな風になる前に何かできたかもしれないのに。秀二さんだって、そんなにしんどかったなら、ひと言でもいいから教えてくれればよかったのに……。

点滴が終わるまであと二十分くらいあるらしい。このままだと私も参ってしまいそうで、一度処置室の外に出ることにした。廊下の長椅子に颯太くんが座っていて、私に気づくとスマホから顔を上げる。

「旦那さん大丈夫っすか？」

「とりあえず……。ごめんなさい、ここまで付き合わせた上に待たせちゃって」

点滴が終わったら、颯太くんがまた車で送ってくれることになっていた。

「いいっすよ。どうせ予定なかったし」

少し間を空けて颯太くんの隣に腰かけた。

「なんかその……お見苦しいところを見せてしまって、すみません」

小村さんが来てくれなかったらと思うとゾッとする。完全にパニックになっていた私の代わりに、病院などあちこちに連絡してくれたのだ。車を出してくれた颯太くんにも「すぐ病院着くっすよ」なんて道中に何度も励まされてしまい、情けないにもほどがある。

「まぁ、急に高熱で倒れられたらビビるっすよね」

ハハッと笑ってから、颯太くんはおもむろに話しだす。

「あやめさん見て、うちのじーちゃんが骨折したときのこと思い出したっす」

「じーちゃんって、新山さん？」

「そうっす。去年の夏に雨樋《あまどい》の修理中に落っこちて骨折して、ばーちゃんがパニクっちゃってうちに電話かけてきたんすよ。でも、俺んち千葉市だし、館山から全然近くないじゃないっすか。で、そんときたまたま俺がサークルの合宿で岩井《いわい》に泊まってたんすよね。岩井って館山から車なら三十分ってとこなんで、俺が車で駆けつけて今日みたいにじーちゃん運んだってわけっす」

颯太くんは病院に着くと、慣れた様子で救急外来の入口に案内してくれた。それは来たことがあったからなのかもしれない。

「うちのばーちゃんも、病院とか苦手なんすよね。怪我《けが》とか病気とか、自分がほとんどしたことないから、どうしたらいいかわかんなくなるって」

「それ、すごくわかる」

私も風邪は滅多に引かないし、アレルギーにも縁がない。一方、秀二さんには一部の野菜や果物に食物アレルギーがあり、それがきっかけで喧嘩《けんか》したこともある。少しくらい食べても平気だと秀二さんは言うが、昼と夜の食事を任されている身としては、密《ひそ》かにものすごく神経を遣ってメニューを考えている。

点滴が終わると、秀二さんの熱は少し下がったようでホッとした。お会計を済ませて薬をもらい、足下の覚束《おぼつか》ない秀二さんの身体を支えつつ颯太くんの車に乗せる。

こうしてなんとか《渚》に帰り着き、自室に戻るなり秀二さんはベッドに倒れ込んだ。

「今日はゆっくり休んでください。スポーツドリンクとかゼリーとか、口にできそうなもの用意しますね」

「小村さんに連絡を……」

「してあります。というか、病院に連絡してくれたの小村さんですよ。覚えてないんですか？」

「気づいたら、病院で点滴を打たれていました。あと、新山さんにお礼も――」

「そういうの全部やっておくんで、頼むから今日は寝ててください」

少しは回復したとはいえ、やり合う元気はないんだろう。秀二さんは大人しく布団を肩まで引き上げ、ポツリと呟いた。

「先人の教えをなめてました……」

先人の教え……炬燵のこと？

そういえば、一昨日も炬燵で眠っていたような。

あんなに気に入っていた炬燵のせいで風邪を引くなんて少しかわいそうに思えたけど、これればかりは自業自得なのでしょうがない。

「私、部屋から出ていきますけど、何かあったらすぐに声かけてくださいね」

「わかりました」

「電話とかメールで呼んでくれてもいいですからね。絶対ですよ？」

昨晩のように、私の気づかないうちに具合を悪くされるのが嫌で念押ししたものの、秀二さんはすでに寝息を立てていた。起こさないよう、そっと部屋を出る。

『互いの部屋には入らない』というルールはあるものの、今は緊急事態、定期的に様子を見にこようと決めた。自分の体調について、よくも悪くも秀二さんはあまり自ら口にしない。放っておくと、また一人で具合を悪くしてしまいそうで怖い。

とはいえ、ひとまずは秀二さんも落ち着いたし、できることをやらねばと内心気合いを入れ直した。秀二さんの看病に加え、お店のことも私にできる範囲でどうにかしないと。

まずは、と白い紙に店を三日間臨時休業する旨を太ペンで書き、店の入口のドアに貼った。今日は金曜日なので、日曜日までお休みにすれば月曜日は定休日。これなら四日間はゆっくり休んでもらえる。

開けることのできない店のドアをしばらく見つめ、それから居住スペースの方へと足早に戻った。

◇◆◇

丸一日ベッドに横になっていた秀二さんは、翌朝、自力で部屋から出てきた。

「もう起き上がってて大丈夫なんですか？」

訊いたそばからその身体がふらついたので部屋に押し戻した。『互いの部屋には入らない』というルールがあるので、「おじゃまします」と断ってから部屋に入り、秀二さんをベッドに座らせる。

「飲みものとか、欲しいものがあれば持ってきますよ」

「普通に空腹なんですが……」

「昨日のおかゆの残り、食べますか？　もう少ししっかりしたものがよければ、おうどんとかも作れますよ」

「店は？」

「お店は明日までお休みです」

私の答えを聞くなり、秀二さんは立ち上がった。

「勝手に決めないでください、明日には開けます」

「ダメですよ、今だってまだフラフラじゃないですか！　こんなんじゃ、お客さんに風邪移しちゃいますよ」

「お客さん」という単語が効いたらしい、秀二さんは不満げな顔ではあるもののベッドに再び腰を落とした。

「月曜まではゆっくりしてください。やれることは私がやりますから」

秀二さんはそんな私の言葉を無視するように、机の上にあったノートパソコンに手を伸ばした。けど、私はすぐさまノートパソコンを遠ざける。

「お仕事はダメです。ちゃんと休んでください」

すると、秀二さんはこっちに右手を出してきた。

「ジャンケンで勝ったら仕事をさせてください」

ほら、と挑発するように促されたが断固拒否する。

「バカなこと言ってないで、熱が下がるまで寝ててください。熱が下がったらパソコン使わせてあげますから」

「……なら、体温計、持ってきてください」

熱があることなんてわかり切っているだろうに。秀二さんは私が持ってきた体温計を手にし、少し操作してすぐに首を傾《かし》げた。

「これ、つかないんですけど」

返してもらって見ると、体温計のボタンが変な角度で押し込まれて動かなくなっていた。爪でいじってみるも、時すでに遅し、元に戻らない。

「なんで体温計まで壊せるんですか……」

熱は測定不能となり、こうしてノートパソコンは私の部屋で預かることになった。

私は代わりに土鍋で作った煮込みうどんを秀二さんの部屋に運ぶ。

「おじゃまします」

「部屋に入る度にいちいち断らなくていいですよ」

体温計を壊しパソコンを取り上げられた秀二さんはヘソを曲げているのか、あからさまに機嫌が悪い。

「でも、『互いの部屋には入らない』ってルールじゃないですか」

「用があるならかまわないと言ってるんです」

そういえば、去年の夏も「花火のときくらいかまわないでしょう」と言われ、秀二さんの部屋から花火を観《み》たことがあった。

花火を観られたこと自体はいい思い出ではあるけど。秀二さんは神経質なようで、こういうところは意外と緩い。四つのルールは私がここにいるための担保みたいなもので、だからこそちゃんと守りたいのに。

私が不満げな顔をしているのに気づいたらしい、ため息をつかれてしまった。

「雑と大ざっぱを具現化したような生きものなのに、そういうところだけは律儀なんですね」

ヒドい言い草なものの、口が回るようになっただけ回復したということだろう。

「ルールは守りますよ。そういう約束ですもん」

土鍋のトレーを受け取ると、秀二さんは「頼みがあります」と言ってきた。

「紅茶、淹れてもらえませんか？　茶葉はお任せしますので」

「紅茶もダメです」

私の言葉に、メガネの奥の目がたちまち細められていく。

「なぜ？」

「なぜって、病院でもらったお薬、カフェインはダメだって言われたじゃないですか」

「昨日から一杯も飲んでないんですよ⁉　殺す気ですか⁉」

「殺したくないから言ってるんです。お薬が五日分出てるんで、あと四日は紅茶、禁止ですからね」

秀二さんが絶望のあまりうなだれて、この人の紅茶好きを再確認した。

すっかり落ち込み、うどんを平らげるなりふて寝するように布団に潜り込んだ秀二さんを確認すると、私は一人店の方へと降りた。

店の冷蔵庫と資材棚を確認する。昨日までに、明日の分までのパンや牛乳の仕入れは調整しておいた。あとはハムにレモン、それとレタス……。ハムと柑橘類《かんきつるい》は保《も》ちそうだ。レタスと残っている食パンは私が食べよう。

空っぽの店を眺め、端っこのカウンター席にぽつんと腰かけた。

私はこんなに元気なのに、できることの少なさといったらない。

所詮私はアルバイト、やれることに限界があることくらいはわかってる。秀二さんも、余計な心配はしなくていいと常々口にする。

それでも、もっとできることを増やしたいと改めて思った。

私もちゃんと紅茶を淹れられるようにするのでも、今まで気ままにやっていたお菓子作りを本格的にやるのでもいいかもしれない。もっと力になるには、どうしたらいいだろう……。

スマホが振動し、見ると友人の葵からのメッセで、そういえば昨日、パニックになった勢いで電話しかけたのを思い出した。店主が倒れて仕事が休みになった、と簡単な近況をメッセで送っておく。

居住スペースの方に戻り、小さくノックして部屋を覗くと秀二さんは静かに寝息を立てていた。『買いものに行ってきます』とメールを送っておき、自転車で《渚》を出発する。すぐに海沿いのドライブコース、房総フラワーラインに出て、館山駅方面へとひた走る。

そうして駅の近くのスーパーで、食材や新しい体温計など色々と買い込んで帰宅した。秀二さんが気に入るかはわからないけど、カフェインレス紅茶のティーバッグも買ってみたので、起きたら飲むか訊いてみよう。

家のことをあれこれ済ませていると夕方近くなり、そろそろ夕食の準備でも始めようかと思っていたら、リビングのドアが開いた。

「起き上がってて平気なんですか？」

「まぁ……」

秀二さんは少し覚束ない足取りながらも、シンクに行ってグラスに水を注ぐと一気に飲み干した。

「そういうあなたは、人から取り上げたパソコンで何をしてるんです？」

「あ、勝手にすみません！　断ろうと思ったんですけど寝てたんで……」

「別にかまいませんけど」

秀二さんのパソコンをプリンタに接続し、印刷していたのはショップカードだ。『Tea Room 渚』という店の名前と住所と電話番号、ティーカップのイラストを入れてある。

「プリンタ対応の名刺サイズの紙が売ってたんですよ。こういうのを作るのもいいかなって」

「店に置くんですか？」

「はい。秀二さんが持ち歩いて営業に使ってもいいですよ」

「そうですか……」

ごちゃごちゃ言う元気はないらしい、秀二さんはそのままふらりと部屋に戻っていく——のかと思いきや、一階の方へ向かおうとする。

「お手洗いですか？」

「……シャワーです」

「まだ熱ありますよね？　お風呂場寒いですし、控えた方がよくないですか？」

リビングを出て階段の手前で秀二さんに追いつき、手首を掴むとやっぱりまだ熱い。

「身体がべたついてしょうがないんです」

「じゃあ、お湯とタオル持ってきます！　身体拭いて着替えたら、少しはさっぱりしますよ」

秀二さんを部屋に戻し、風呂桶《おけ》に湯をはって運んだ。机の上にタオルを敷いて桶を置き、別のタオルを秀二さんに渡す。

「じゃ、私、リビングにいるんで。身体を拭き終わったら、片づけに来るので声かけてくださいね。メールでもかまいませんし」

そう伝えて部屋を出ていこうとしたら、ふいに腕を掴まれてつんのめった。

「どうかしました？」

「もう少しここにいてください」

思わせぶりな台詞《せりふ》にドキリとしたのもつかの間、秀二さんはメガネを外し、着ていたジャージとTシャツを勢いよく脱ぐと上半身裸になった。

突然のことにポカンとし、たちまち顔が茹《ゆ》で上《あ》がるように熱くなって、視線を足下に落として声を上げる。

「なっ……何やってるんですか！　風邪引いてるのに！　着てください！」

「何って、身体を拭けと言ったのはあなたでしょう」

メガネを取るといつものクールさが和らぎ、目元のはっきりしたその甘いマスクが露《あら》わになる。ドギマギしつつもつい目を向けてしまうと、秀二さんは私の鼻先にタオルを突き出してきた。

「背中、拭いてください」

そういうことかと思えど、赤くなったまま首を横にふる。

「そ、そんなの無理です！」

「じゃあ、シャワーを浴びてきます」

部屋を出ていこうとするので仕方ない、渋々タオルを受け取った。

タオルをお湯に浸して絞り、こちらに向けられた裸の背中を前にして思わず唾を呑《の》み込《こ》む。インドア派だとわかってはいたけど肌が白い。細身とはいえ男性らしくそれなりに広い背中に、絞ったタオルをそっと押し当てた。

「あの、熱くないですか？」

「平気です」

他人の背中なんてどうやって拭けばいいのかわからない。恐々《こわごわ》動かしていたら「もっと強く」、ちょっと力を込めたら「もっと優しく」だの色々と注文をつけられ、うっかり指先で肌に直接触れようものなら耳の先まで熱くなる。もはやしゃべることすらできずにいたら、肩を揺らして笑われた。

「……秀二さん、実は面白がってません？」

「おかげでだいぶすっきりしました」

どういう意味のすっきりかは訊くまい。タオルを秀二さんに渡し、私は逃げるように部屋を出た。

そんな風に二日間ゆっくり休んだおかげか翌日には熱が下がり、秀二さんは無事にノートパソコンを奪還した。私が淹れたカフェインレス紅茶を飲みつつベッドで仕事を始め、夕食時には普通の食事も平らげた。

そして月曜。サンドイッチの朝食当番にも復帰し、外でストレッチまで始める回復っぷりを見せてくる。

「あんまり無理するとぶり返しますよ」

洗濯を終え、家の裏の物干しにひととおり干し終えたところで秀二さんに声をかけた。

「ずっと寝ていて身体が固まってるんです。もう問題ありません」

「そうは言っても……」

すると、思いっきり嘆息される。

「大げさなんですよ。たかが風邪ですし」

そのひと言に固まった。

シーソーがカタンと動くように、心配でいっぱいだった心の中が、急速に別のもので支配されていく。

たかが？

「……その『たかが風邪』で倒れたのは、どこの誰ですか！」

叫んだら頭に血が上り、顔の表面に熱が集まってきて目に涙すら滲《にじ》みかけた。

あんな風に倒れてたのに。

病院に運ばれて点滴まで打たれたのに。

また倒れられるのが怖くて必死に看病してたのに。

足下に置いていた洗濯かごを抱え、音を立てて裏口のドアを開ける。

なんで「たかが」なんて言えるんだ。

秀二さんが何かを言いかけたのがわかったけど、「もう知りません！」とそれを遮って背を向けた。

◇◆◇

週が明け、《渚》は五日ぶりに店を開けた。

開店早々の来客はなく、仕方ないので今朝からもう何度も拭いているテーブルを端からまた順に拭いていく。

「……いつまでそうしているつもりですか？」

秀二さんに声をかけられたものの、「別に」と見もしないで答えた。

「お客さんもまだ来ませんし、私が掃除に精を出すことに何か問題でも？」

返ってきたのはため息だけで、さらに意地になって布巾を動かす手に力を込める。

昨日のあれ以来、秀二さんとろくな会話をしていない。

昨日の夕食も今日の朝食も一緒に食べたけど、むかっ腹が収まらなくて口を開く気になれなかった。秀二さんもそんな私に気づいてはいるだろうけど、そういうときに無理に会話をしようというタイプでもない。

大人げないのはわかってる。でも、心配でしょうがなかった私の気持ちもやったことも全部無駄だと言われたような気がして、今思い出しても涙が出そうなくらいに腹が立つ。

ピリピリした空気のまま、お昼を回った頃だった。

「こんちはー」

いつかのように気さくに挨拶しながら現れた颯太くんに、私は無理やり笑顔を作った。

「いらっしゃいませ。この間は、本当にありがとうございました」

颯太くんの顔を見るのは、秀二さんを病院まで連れていってもらって以来だ。二日前にシフォンケーキを焼いてお礼に持っていったが、そのとき颯太くんは不在だった。

「こっちこそ、シフォンケーキおいしかったっす！」

そう笑んだ颯太くんの後ろから、「どーもー」と新山さんが顔を出して頭を下げた。

旦那さんは美沙さんより年上で七十を過ぎているが、足腰がしっかりしていて背筋も伸びており、よく日焼けした顔の皺《しわ》を寄せて控えめな笑みを浮かべる。美沙さんはよく一人で《渚》におしゃべりに来るが、旦那さんが顔を出すのは珍しい。美沙さんの姿はない。

「今日はお二人だけですか？」

「うちの奴は家にいるって。――それで、ちょっと佐山さんに折り入ってご相談がありまして……」

秀二さんも改めて先日の礼を述べ、二人をカウンター席に促した。

こうして祖父と孫の二人は改まった様子で並んで座り、揃ってニルギリティーを注文した。

二人にお茶を出すと、「ご相談というのは？」と秀二さんがカウンターから声をかけた。颯太くんに目で促され、新山さんが白髪の頭を片手でいじりつつ話しだす。

「その……前に颯太《こいつ》からも聞いたと思うんですが。最近、うちの奴がなんか変で」

「なんだかぼうっとしているとお聞きしましたが……」

秀二さんの言葉に、今度は颯太くんが口を開く。

「最近はそれに加えて、食欲もないんすよね」

「あ、ダイエットしてるって話してましたよ」

私が応えると、新山さんが眉を寄せた。

「ダイエットとか、俺は詳しくないんですが。料理の味も変えるもんなんですかね、それって」

「料理の味？　そうですね……塩分を控えたくて薄味にする、とかはあるかもですけど」

「でもばーちゃんの最近の料理、なんか味つけ濃いんすよ」

颯太くんと新山さんは、うんうんと揃って頷《うなず》く。

「美沙さんに直接訊かれましたか？」

秀二さんの問いに、新山さんは苦々しい顔で首肯する。

「何かあるなら言ってみろっつったんですが、笑ってはぐらかされました」

そして新山さんは私の方に向き直ると、深々と頭を下げてきた。

「俺らが訊いてもなんも言わんのですが、佐山さんの奥さんとは親しくしてるみたいだし、さりげなく訊いてみてもらえませんか？　女同士の方が、話しやすいこともあるかもしれませんし」

「私はかまいませんけど……」

「何もないならいいんですが、どうにもすっきりしなくて」

思わず秀二さんと視線を交わし、喧嘩中だったのを思い出した私はぷいと目を逸《そ》らして新山さんに向いた。

「わかりました。今日か明日にでも美沙さんと話してみますね」

そう約束し、二人は紅茶を飲み終えると一緒に店を出ていった。

カップなどを下げつつ、「美沙さんどうしたんだろう」と私はつい呟く。

「なんでもなければいいですが」

「そうですね……」

気づいたら秀二さんと普通に会話していて、ハッとして慌てて顔を背けた。秀二さんが思いっきりため息をつく。

「あなたは、いつまでそれを続けるつもりなんですか」

「知りません」

「子どもじゃないんですから」

「そ、それはこっちの――」

建物が揺れるような音を立てて店のドアが開き、私は続きを呑み込んだ。

「すんません！」と勢いよく飛び込んできたのは、さっき店を出ていったばかりの颯太くんだ。

「あー、やっぱりばーちゃん、ここにも来てないっすよね」

「どうかしたんですか？」

「ペンションに戻ったら、ばーちゃんがいなくなってて」

私は自転車で《渚》を出た。

冬の風を切ってペダルを漕《こ》ぎつつ、颯太くんとの会話を思い出す。

――車も自転車もあるのにどこにもいなくて。こんな風に連絡なしにいなくなることなんてなかったって、じーちゃんも車で探しに行ったんすけど。

話を聞いた秀二さんは、店の時計を見た。

――ちょっと山の方に歩いたところのバス停から、館山駅方面のバスが少し前に出ています。それに乗ったのでは？

美沙さんが戻ってきたときのために颯太くんはペンションで待機することになり、こうして私が自転車で駅の方まで見てくることになったのだった。

周囲に目をやりつつ房総フラワーラインを北上して三十分、北条《ほうじょう》海岸の近くまで辿り着いて自転車を停《と》めた。もう何度か美沙さんの携帯電話にかけているが、反応はない。『みんな探してます、折り返しお電話ください』と留守番電話に吹き込み、道を折れて駅の方へ向かう。当てはないが、とりあえず大通りを中心に走ってみることにした。

コンビニ、薬局、呉服店……。

通りの先に、先週、秀二さんを診てもらった病院が見えた。けど、病院が苦手な美沙さんがいるわけはなさそうだし……。

そう通過しようとした私は、けど慌てて自転車のブレーキをかけた。

病院の前、オレンジ色のポピーが咲く花壇の縁石ブロックに、背を丸めて腰かけている女性の姿がある。

自転車を降り、押しながら「美沙さん！」と声をかけると、美沙さんは俯《うつむ》き気味にしていた顔を上げる。

「え、あやめちゃん？」

美沙さんの緩いパーマのかかった髪は、風に吹かれて乱れてしまっている。

「もう、こんなところで何してるんですか！　何度も電話したのに」

「え、え、え？」

美沙さんは目を瞬いて布製のハンドバッグをかき回し、携帯電話を取り出して「やだぁ」と呑気《のんき》な声を上げた。

「着信いっぱい。どうしちゃったの？」

「どうしちゃったのって……」

私は自転車を停め、美沙さんの隣に座ってその手を取った。長いこと外にいたのか、すっかり冷たくなってしまっている。

「とりあえず、旦那さんに連絡して車で迎えに来てもらいましょう」

自転車で《渚》に帰り着いたときにはなんだかどっと疲れてしまい、私はカウンターテーブルに突っ伏した。

「おつかれさまです」

「どうも……」

秀二さんを無視する元気もなくて、そのまま動けずにいたら紅茶を淹れてくれていた。出された紅茶に罪はない、「ありがとうございます」と素直に受け取ってカップを口元に運ぶ。渋みがなくてクセのない、すっきりした味の飲みやすい紅茶が渇いた喉に嬉しい。美沙さんお気に入りのニルギリティーだ。

「美沙さん、何か話してくれましたか？」

秀二さんの質問に、ティーカップを置いて首を横にふる。

今なら、颯太くんや新山さんが言っていた「なんとなく変」がよくわかる。

病院の前で新山さんの迎えを待つ間、みんなが美沙さんのことを心配していると伝え、何かあるなら話してもらえないかと頼んでみた。

けど、美沙さんは「なんでもない」としか答えなかった。

そのくせ、ふいに遠くを見るような目になって黙り込んでしまう。いつもだったら、息継ぎする間もなくしゃべり通すのが美沙さんなのに。甘いもの好きなのを知っていたので近くの自販機でココアを買って渡したが、結局缶のプルタブは開けられなかった。

「美沙さん、今日はもうペンションに戻られたんですよね？」

「そうです。お客さんもいるし、少し休んでから夕ご飯の準備するって……」

秀二さんは考え込むような顔になり、しばしの間のあと提案してきた。

「それなら明日、美沙さんをお店に招待していただけますか？　それも、極力なんでもない風に」

◇◆◇

こうして翌日、私はお昼過ぎに美沙さんを《渚》に招待した。

美沙さんはテーブル席に座りつつ、「昨日はなんかごめんなさい」としきりに恐縮している。

「こちらこそお世話になってばかりなので、どうぞ気にしないでください」

言葉どおりお世話になったばかりの秀二さんが笑み、「いつものニルギリティーでいいですか？」と訊いた。

「ええ。あ、でも、今日はケーキはなしね。ダイエット中だから！」

「了解しました」

こうしていると、美沙さんはいつもと何も変わらないように見えるのに。

抑え切れないもどかしさをごまかしたくて、私はカウンターのそばで秀二さんが紅茶を用意するのを見つめた。決まった手順の作業を見ていると、少し気持ちが落ち着く気がする……。

と、秀二さんがティーポットに茶葉を入れるなり、私は「え？」と目を瞬いた。

「それ――」

けど、秀二さんは右手の人差し指を立てて私を黙らせる。

「これで問題ありません」

砂時計の砂も落ち切り、注文された一杯ができあがった。秀二さんが問題ないと言うので、私は疑問を抱きつつもその紅茶を美沙さんに出す。

「ありがとう」

「いえ……」

にっこり笑んだ美沙さんは、いつもどおり香りを楽しむようにカップを顔に近づけ、やがてゆっくり口をつけた。

何も言わない。

いつもとまったく変わらない様子で紅茶を味わう美沙さんに私は目を丸くし、秀二さんをふり返った。秀二さんはそんな私に小さく頷いてみせ、そして美沙さんに穏やかな口調で話しかける。

「美沙さん。何か、お気づきになりませんか？」

「何か？」

「その紅茶について」

「紅茶……？」

美沙さんは首を傾げ、カップを下ろした。

「いつもどおり、おいしいけど」

秀二さんはとある紅茶缶二つを手にしてカウンターから出てくると、美沙さんの前に持っていった。

「先に謝らせてください。試すような真似《まね》をして申し訳ありませんでした」

「試す……？」

「美沙さんがいつもここで飲まれている、ニルギリティーはこちらです」

秀二さんは持っていた茶缶の一つをテーブルの上に置いた。

「そして、今美沙さんにお出しした紅茶の茶葉はこちらです」

残りの茶缶もテーブルの上に置く。

「この二つは、産地も香りもまったく異なる紅茶です。ニルギリが南インドの紅茶であるのに対し、こちらはケニアという、その名のとおりアフリカの紅茶になります」

美沙さんは、二つの紅茶缶と秀二さんと目の前のカップを順ぐりに見て、あら、と目を瞬いて口を開いた。

「つまり私が飲んでるこれ、ニルギリじゃなくて、こっちの……ケニアってお茶なの？」

「そうです。ケニアの方が渋みもあり、ややクセのある味になります。――この二つの紅茶は、淹れたときの水色がよく似ているんです。見た目だけでどちらがどちらかを判別することは、ほぼ不可能かと思います」

秀二さんが茶葉をティーポットに入れたとき、その香りの違いからニルギリの茶葉ではないとすぐにわかった。週に何度もここでニルギリティーを飲んでいた美沙さんが、それに気がつかないわけがない。

美沙さんは呆《ほう》けたような顔で秀二さんを見つめ、だがやがて秀二さんの言いたいことに理解が及んだのか顔色を変えた。

「美沙さん、味や香りがわからないんじゃありませんか？」

美沙さんは秀二さんの指摘を認めると、身体を小さくしてポツポツ話し始めた。

「昨日も実は、病院に行こうと思ってたの」

でも何科を受診したらいいのかもわからず、勇気も出なくて結局中に入れなかったのだという。

「大きな病気なんて、これまでしたことなかったのに……」

声を震わせる美沙さんに気づき、私は美沙さんの隣にしゃがんでその手を優しく握った。

「味がわからないの、いつからなんですか？」

「今年に入って少ししてから……。人間ドックでメタボとしか言われなかったのに！」

色々納得がいった。料理の味が変わったのはこのせいだったのか。

――最近、うちの奴がなんか変で。

そう言った新山さんの顔を思い出し、私は立ち上がった。

「旦那さんにも、このこと、ちゃんと話しませんか？」

「でも、心配かけたくなくて――」

「もう十分、心配かけてるじゃないですか！」

つい大きな声を出してしまい、すぐに「すみません」と謝る。

「美沙さんも、秀二さんと同じだなって思っちゃって……」

背中に秀二さんの視線を感じつつも、私は言葉を続けた。

「秀二さん、具合が悪くても何も言ってくれないんですよ。それで、この間は朝起きたら熱で倒れてて……。具合が悪いの、まったく気づけなかった自分がすごく悔しかったです。あと、何も言ってくれなかった秀二さんにも腹が立ったし……悲しくなりました」

気持ちが昂《たか》ぶりかけ、下唇を少し嚙《か》んで落ち着けた。

「旦那さん、美沙さんの様子がおかしいってすごく心配してて、《渚》まで相談しに来られたんですよ？　もし私だったら、教えてもらえなかったら悲しいです」

美沙さんはじっと私を見つめ、それから秀二さんの方に視線を動かした。

「佐山さん、あやめちゃん悲しませちゃダメじゃない」

たちまち決まり悪そうな顔になった秀二さんに、美沙さんは苦笑する。

「なんて、私も人のこと言えないけど。――誰かがいてくれた方が落ち着いて話せると思うの。うちのお父さんと、ここで話をしてもいい？」

そうして私が新山さんを呼びにいき、すぐに店に連れてきた。

話をすると決めたものの、旦那さんを見るなり美沙さんは目を伏せてしまう。新山さんは私と秀二さんに両手を合わせて「ありがとうございます」と言うと、美沙さんの正面に座った。

緊張の漂うわずかな沈黙ののち、美沙さんが意を決したように現在の症状についてポツポツと話すと。

「なんで早く言わなかったんだ！」

新山さんは手のひらでテーブルを叩き、唾を飛ばしそうな勢いで声を荒らげた。

「大変な病気だったらどうすんだ！」

けど、美沙さんも顔を上げてそれに言い返す。

「だ、だから怖くて言えなかったんじゃない！　もし大変な病気で働けなくなっちゃったりしたら……」

「黙ってるうちに、もっと大変なことになってたらどうするつもりだったんだ！」

「だって……もうどうしたらいいのかわからなくて――」

「俺はそんなに頼りないのか」

表情を強《こわ》ばらせ、絞り出すように吐かれた新山さんの言葉に美沙さんは黙る。

「俺は……母さんの心配もさせてもらえないのか」

声を震わせかけた新山さんの前に、いつの間に用意したのか、秀二さんがティーカップを出した。

「少し落ち着いてください」

「……面目ない」

新山さんは秀二さんに頭を下げ、音を立てて紅茶をすする。

「これ、昨日のとは違うお茶ですか？」

「ええ。昨日はニルギリという南インドの紅茶、今日はケニアというアフリカの紅茶です」

「アフリカ？　紅茶のイメージはなかったな」

「二十世紀初頭、イギリス領だった頃に紅茶栽培が始まったそうです。ケニアでは、現在も紅茶栽培は主要産業の一つですよ」

新山さんが感心したように、「なるほどねぇ」と応えると。

美沙さんはハッとしたように目を瞬いたのち、顔を歪《ゆが》ませて笑んだ。

「何笑ってんだ？」

「だって……味音痴のお父さんにもわかるくらい、全然違うお茶だったんだなって」

美沙さんが俯いてしまい、私はそっと肩をさすった。

「ちょっと前に、颯太くんから聞いたんですけどね。旦那さんが骨折したとき、美沙さんがすごく心配して、取り乱しちゃったことがあるって」

「あぁ……去年のことね」

「そのときの美沙さんと同じくらい、今、旦那さんも心配してくれてるんじゃないですか？」

私の言葉に、美沙さんは顔を上げて新山さんを見た。

「せっかく心配してくれてるんだから、心配させてあげましょうよ。心配させてもらえないのって、寂しいじゃないですか」

私の言葉に、新山さんもゆっくり頷く。

「俺が骨折したときだって、まぁ、ちょっと不便だっただけでなんとかなっただろ。病気したら病気したで、一緒になんとかすりゃいいじゃないか」

美沙さんは堪え切れなくなったように唇を噛み、けどすぐに見慣れた明るい表情を作った。

「お父さんのくせにカッコつけちゃって！」

そして、いつものようにカラリと笑った。


その日の夕方、新山さんが礼だと葱《ねぎ》などの大量の野菜を持ってきてくれたので、夕ご飯は炬燵で鍋を囲むことにした。鶏《とり》もも肉と豆腐があったので水炊きにする。

カセットコンロの土鍋の中で煮え立つ鶏肉の様子を見つつ、チラと向かいに座った秀二さんを窺《うかが》った。

新山夫妻のあれこれで、秀二さんとの喧嘩はいつの間にかうやむやになってしまった。はっきり言って、納得はできてない。けど、いつまでも子どもみたいにごねていてもしょうがないし、これでよかったということにする。

「お肉、火が通りましたね。もう食べていいですよ」

カセットコンロの火を弱くして取り皿を差し出すと、秀二さんは受け取ったそれをすぐにテーブルに置き、居住まいを正すように正座して。

「すみませんでした」

深々と頭を下げてきた。

突然のことに呆気《あっけ》に取《と》られ、こちらに向けられたその頭頂部をまじまじと見つめてしまう。

「どうしたんですか、急に」

「先日は、看病してもらったのに嫌な態度を取ったなと」

ゆっくりと上げられた顔は、いかにもバツが悪そうだ。

秀二さんが正座のまま俯き気味に固まっているので、私も正座してそれに向き合った。

「つまり、反省してくれたってことですか？」

「はい」との殊勝な答えに、思わず笑みがこぼれる。

「じゃあ、しょうがないので許してあげます」

緊張していたのか、秀二さんは思いっきり肩の力を抜いた。せっかくなら言いたいことは言ってしまおうと、私は言葉を続ける。

「反省ついでに、一つだけお願いがあるんですけど」

「なんです？」

再び身がまえた秀二さんに笑う。

「心配くらいさせてください。何かあったら、些細《ささい》なことでも教えてほしいです。私だってその……一応、家族のつもりですし」

秀二さんは神妙な面持ちで「わかりました」と応えた。

「こちらとしては積極的に心配をかけたいわけではないんですが、まぁその際は」

「あ、でも次に炬燵で寝ちゃったときは、もう心配しませんからね」

「はい、その点については、今後は先人の教えに従います」

大真面目に応えた秀二さんについ笑ってしまい、空気が和んだところで二人で鍋をつつき始める。

……それにしても。

また「家族」という言葉を使ってしまった自分にはちょっとがっかりだ。でも、今はこれくらいの距離感でちょうどいいのかもしれない。じれったい、けどこんな毎日も愛《いと》おしい。焦ったってしょうがない。

炬燵の中で足を崩したら、膝が秀二さんの足にぶつかった。秀二さんの表情は特に変わらず、足を払われることも動かされることもない。触れ合った部分が温かくなっていくのを意識しつつも、なので私もなんでもない顔でお玉で豆腐を取り皿によそった。

◇◆◇

そうして翌週、週明けのこと。

颯太くんと一緒に、数日ぶりに《渚》にやって来た美沙さんは、「ちょっと聞いてよー」とカラカラ笑いながら報告してきた。

「味がわからなくなってた原因、ダイエットだったの！」

様々な検査の結果、味覚障害は無理なダイエットによる亜鉛不足が原因という結論に達したという。亜鉛のサプリメントを飲みつつ、しばらくは様子を見るそうだ。

「原因がわかってよかったですね」

「もう、すごくホッとしちゃった！　あやめちゃんも佐山さんもごめんねー、色々気を遣わせちゃって」

「お元気なら何よりです」と秀二さんも笑む。

「今日もニルギリティーにしますか？」

「ううん、今日はこの間飲んだケニアってお茶にして！　ちゃんと味がわかるようになったとき、『こんなに味違うの？』って思いたいから。あ、あと今日はケーキセットでお願いね。ダイエットはしばらく延期！」

美沙さんがしゃべり疲れたタイミングを見計らい、今度は颯太くんが「お世話になったっす」と頭を下げた。

「俺、今日家に帰るんで」

「あ、そうなんですか。こちらこそ、秀二さんが倒れたときはお世話になりました。こっちに来るときは、またぜひ寄ってくださいね」

「もちろんっす。ホントはもうちょっとここでダラダラしててもよかったんすけど、バレンタインだから帰ってこいって彼女から連絡があって」

「え、彼女いるんですか？」

などと失礼ながらつい突っ込んでしまい、好奇心に負けて訊いてしまう。

「どんな人なんですか？」

「どんな……うーん、年上美人？」

「何それ、ちょっとばーちゃんに詳しく話しなさい！」

颯太くんは身を乗り出す美沙さんを華麗にスルーし、「バレンタインっぽくていいっすねー」とチョコレートの香りつきのフレーバードティーを注文した。私は注文を受けつつ、そっとレジの脇に置いてあるカレンダーに目をやる。

そう、何を隠そう、今日は二月十四日、バレンタインの当日だ。

まったりおしゃべりをしたのちにお会計を済ませ、コートを羽織って帰り支度を調えた美沙さんが訊いてきた。

「そういえばあやめちゃん、キッチンの件、よかったの？」

美沙さんの体調のことを考えるとキッチンのことは頼みづらく、サプライズでケーキを焼くという計画も、結局果たせないまま今日を迎えてしまったのだ。

「あ……はい。すみません、色々訊いたのに」

「使いたくなったらいつでも言ってね」

ギクリとした私にはおかまいなしに、美沙さんと颯太くんは最後までにぎやかに店を去っていった。

直後。

「キッチンって、なんのことです？」

こういう話はちゃんと聞いている秀二さんなのだった。

「その……美沙さんの家のキッチン、使わせてもらうって話をしてて」

「うちのキッチンだと都合が悪いことでもあったんですか？」

「都合が悪いっていうか、秀二さんに内緒で使いたかったっていうか……」

余計なことを言ってしまった。たちまち怪訝《けげん》な表情になった秀二さんにこれ以上無用な言い訳をしても仕方ない、私は「ちょっと待っててください」と断って居住スペースに行き、すぐに戻ってきた。

お客さんも途切れて店には二人きりだし、ちょうどいい。隠しておいた小箱を両手で突き出すように差し出す。

「なんです?」

「その、バレンタインのチョコです」

定休日の昨日、秀二さんが出かけていた短時間で、どうにか作った簡単なトリュフ。

秀二さんはさして表情も変えず、「ありがとうございます」と気抜けするくらいあっさり箱を受け取った。

「で、これとキッチンがどう繋《つな》がるんです?」

「本当はその……サプライズ、したかったんです。内緒でもっと手が込んだもの作りたかったんですけど、できなくて……だからその、それは大したものじゃないんですけど……」

ごにょごにょ言い訳をしながら内心頭を抱える。

これじゃ結局、バレンタインにやる気満々だったと告白しているようなものだし!

もういっそここは腹をくって言うことを言ってしまおうか、などと自棄《やけ》になりかけていたら、「そういえば」なんて秀二さんは何かを思い出した顔で話しだす。

「少し前にネットで見たのですが。家族に贈るチョコのことを、今どきは『ファミチョコ』と呼ぶそうですよ」

「へぇ、そんな呼び方が……」

受け取った箱をまじまじ見ている秀二さんに、つい「そうじゃなくて！」と素早く突っ込んでしまった。

「何がそうじゃないんですか？」

「だってその……そのチョコは……」

「これが何か？」

そのチョコは「ファミチョコ」じゃなくて「本命チョコ」です！

……などとは、やっぱり言えないので。

「甘さ控えめにしたんで、よかったら紅茶と一緒にどうぞ」

私の言葉に秀二さんは目元を緩め、「それはありがとうございます」ともう一度礼を言った。

２．春の紅茶〈Nuwara Eliya Tea〉

二月の最後の定休日。青い空が広がり雲も少ない快晴だったその日、私と秀二さんは山の上にいた。

「ロープウェイで山頂に登ったら終わりじゃないんですか？」

鬱蒼《うっそう》とした森の中に延々と伸びる、石の下り階段を見て秀二さんが訊いてくる。

「そんなわけないでしょう、ここからが本番です」

ＪＲ館山駅から内房線の上り電車に乗って二十分少々の浜金谷駅《はまかなやえき》から、徒歩十分ほどのところにあるロープウェイで登ったここは鋸山《のこぎりやま》。標高三〇〇メートルちょっとではあるが、平野が多い千葉県では数少ない山だ。

遡ること一週間と数日。

いつもと変わらない夕食の席で、秀二さんに唐突にこんなことを訊かれた。

――何か欲しいものなどありますか？

突然の質問に、箸で摘まもうとしていた大根の煮物が落ちた。

――どうしたんですか、急に。

――もうすぐ誕生日でしょう？

私の誕生日はひな祭りの前日、三月二日。秀二さんがそれを覚えてくれていて、ましてやそんなことを訊いてくれるなんて予想だにしておらず、にわかに頬が熱くなる。

――ありがとうございます。でもその、秀二さんの誕生日は何もできなかったし、お気持ちだけでいいというか……。

一月一日である秀二さんの誕生日は、ほぼ当日に知らされたので何もできなかったのだ。

けど、秀二さんはクールな表情のまま言葉を続けた。

――こちらが祝いたいと言ってるんですから、遠慮するものじゃありませんよ。

その言葉に、あくまで平静を装って「ありがとうございます」と返しつつ、心の中で悶絶《もんぜつ》した。今の「祝いたい」をスマホに録音しておきたかった！　などとバカなことを考えてから閃《ひらめ》く。

――じゃあ、一つリクエストしていいですか？

そういうわけで誕生日直前の定休日である今日、私たちは山にいる。

鋸山ロープウェイの山頂駅から石階段を上ってすぐの展望台で絶景を堪能《たんのう》し、勇んで山道を進んでいく私に秀二さんはゆっくりとついてくる。

「まさか、誕生日のリクエストが『一緒に登山』だとは思いませんでした」

「館山から近いし、前から登ってみたかったんですけど、一人で山登りって微妙じゃないですか。あ、でも、山登りっていっても本格的な装備が要らないハイキング感覚で大丈夫だって前情報ですし、体力のない秀二さんにも余裕ですよ！」

「体力のない」を否定することなく、「だといいんですが」と秀二さんは嘆息する。

そして山道を下ること十分、日本寺《にほんじ》の入口まで到着した直後、秀二さんにリュックサックの紐を引っぱられた。

「休憩しましょう」

「もう!? こんなんじゃ境内一周できませんよ？」

ロープウェイの駅でもらってきたエリアマップを広げ、秀二さんに見せる。

鋸山は、山頂までロープウェイで登ることができる低い山だ。自然の絶景を堪能しながら山頂を目指すような、よくある山登りとはちょっと趣が異なり、山の中にある日本寺というお寺の境内を散策するのがメインのコースとなる。山中の境内にある観音さまや日本一の石仏だという大仏さまを見て回ると、一周するのに一時間半程度かかるらしい。

休憩もそこそこに日本寺の西口から入ると、秀二さんが拝観料を払ってくれた。地図を確認してまずは百尺観音を目指す。石でできた参道は緩い上り坂と階段が交互に現れ、ちょっとハードなハイキングといった趣だ。

「まだまだ寒いですね」

秀二さんがダウンジャケットのファスナーを上げた。三月まであと数日、まだ春には早くて枯れ木が目立ち、吹き抜ける風は冷たい。

「歩いてるうちに暖かくなりますよ」

「その頃まで体力が保てばいいんですが……」

どこまでも弱気な秀二さんを「大丈夫ですよ！」と励ます。

「子どもやご老人もたくさんいましたし！」

五分間隔で運行しているロープウェイは満員で、今も周囲は人でにぎやかだ。跳ねるように歩く子どもや、杖《つえ》を手にしたご老人の姿も少なくない。

そんな風にポツポツ話しながら歩いていると、「楽しいですか？」とふいに訊かれて頷いた。

「こんな風にお出かけするの、たまにはいいですよね」

普段でも休みの日に秀二さんと二人で出かけることはなくもないけど、スーパーなどへ買いものに行くのがほとんどで、市外へ出ることはまずない。少しだけど日常から離れるのは胸が弾む。

「お出かけって、登山にも使う言葉なんですか？」

「そう言う秀二さんは、あんまり楽しくないですか？」

「……あなたの誕生日ですし、楽しいならよかったと思っただけです。体力的な不安は払拭できていませんが」

階段を上り、そう時間もかからず最初の目的地、百尺観音に到着した。石を切り出して彫られた巨大な観音さまを見上げると、感嘆のため息が漏れる。ロープウェイもなかった時代に、こんな山中によく造ったなぁと思う。

一方、秀二さんは観音さまを拝むのも早々に、座れるようになった四角い石の上に腰かけてアイスティーの水筒を取り出した。私もその隣に腰かけて一杯もらう。ベルガモットの香りに癒やされる、アールグレイティーだ。崖の下になるここは日陰で、ほてりかけていた頰に冷たい風が心地いい。

「ここでしばらくゆっくりしましょうか」

ひと息ついてすっかりリラックスした様子の秀二さんの提案を、だけど私は即刻却下した。

「まだ五分の一にも達してないのでダメです」

――急で長い上り階段の先にある山頂展望台で地獄のぞきを体験し、弱音を吐く元気もなくなってきた秀二さんを励ましつつ、果てしなく続くように思われた長い階段を降りた先でようやく見られた石大仏は圧巻だった。秀二さんも疲れを忘れた様子で眺め、「見られてよかったです」と言ってくれた。近くのお願い地蔵尊には小さなお地蔵さまを買って納め、何を願ったのか訊かれたけど秘密にしておく。

何度も休憩を挟んだこともあり、日本寺を一周するのに二時間半ほどかかった。ようやく鋸山ロープウェイの山頂駅に戻った頃には私もそこそこ疲れ、秀二さんに至っては無事の帰還を無言で噛みしめている。

こうして鋸山ロープウェイで下山して浜金谷駅へ戻り、一時間に一本の下り電車で午後五時過ぎに館山駅に帰ってきた。使い慣れた駅のホームに降り立つと、「帰ってきた」という表現がしっくりくるようになったと改めて実感する。帰る場所が、帰りたいと思える場所があるというのはありがたいことだ。

太ももがはっているらしい、ホームの階段をゆっくりと上る秀二さんの隣に並ぶと、「夕食、いつもどおりでいいんですか？」と改めて訊かれた。どこかに食べに行こうかと提案されたが、家で作りたいと断ったのだ。

「私、家でご飯食べるの好きなんです。秀二さんがスーパーに寄る元気もないって言うなら別ですけど」

「スーパーは山道じゃないので平気です」

学生時代は一人親だった母は何かと不在がちで、夕食は一人でとることが多かった。家を出て敦久さんと暮らしていたときも仕事が忙しくすれ違いがちで、夜はサロンに遅くまで残っていたこともあり、夕食は適当に済ませてばかりだった。

そんな事情もあり、会話が多いわけじゃないけど、秀二さんと食べる夕食が私はわりと好きなのだった。誰かと一緒に暮らしているというのを、強く実感できる場でもある。

階段を上って駅舎の二階に辿り着き、改札が見えたときだった。

私たちのすぐそばを女性が早足で通り抜け、そのバッグから何かが落ちた。

「――あの！」

秀二さんが声をかけると、二十代後半くらいの女性が長い髪をふわりとさせてふり返り、改札の前で足を止めた。コートを羽織っていてもそこはかとなく漂う色っぽさ、伸びたストッキングの足にヒールの高いパンプスと、私には縁のない大人の女性の雰囲気だ。

「落としましたよ」

女性が落としたのは長財布で、秀二さんが拾って差し出した。すると女性はマスカラで強調された目を大きく瞬《しばたた》き、赤い唇にたちまち笑みを浮かべる。

「ありがとうございます！」

女性は小走りで戻ってくると、にっこりというには妖艶さが強すぎる笑みを秀二さんに向け、なぜか秀二さんの手の甲にネイルの指先で触れるようにして長財布を受け取った。

「声、かけてくださってありがとうございます。すごく助かりました」

「ならよかったです」

秀二さんは特に気にした様子もなくさらっと返す。

「本当に、これ落としてたら困ってました。あの……お礼させていただけませんか？　このあとでも後日でも。あ、よかったら連絡先教えてください！」

私は秀二さんの後ろから思わず顔を出した。けど、女性は私のことなど完全に無視し、スマホを手に秀二さんに一歩近づく。

もしや、これは逆ナンパという奴では。

そうハラハラしつつも、残念、と心の中で舌を出す。二つ折りのガラケー使用者である秀二さんとは、メッセアプリのＩＤ交換はできない。その点は安心だけど……。

などと思っていたら、「それなら」と秀二さんは自分のお財布から見覚えのある名刺サイズのカードを取り出して女性に渡した。よりにもよって、先日、私が作ったシヨップカードだ。

「お礼は結構ですので、気が向いたときにでもどうぞ」

「お店……？　わぁ、紅茶専門店なんですか！　素敵ですね。今度、ぜひ遊びにいかせていただきます！」

女性は長い睫毛を動かしてにこりと笑むと、最後にもう一度礼を言って颯爽《さっそう》と去っていった。

それを見送り、何事もなかったかのように歩きだした秀二さんのダウンジャケットの裾を思わず引っぱる。

「なんです？」

「ショップカード渡しちゃうんですか」

「なんでショップカードを持ち歩いて営業しろと言ったのはあなたでしょう？」

「そ、それはそうですけど！　時と場合によるっていうか……」

何もあんな、いかにも下心のありそうなグラマラスな美人に渡さなくてもいいのに。

「わけわかんないこと言ってないで、さっさと買いものして帰りましょう」

改札を抜け、駅前の駐車場に停めておいた軽自動車に乗り込んだ。

面白くない。あまりに面白くなくて、ついむっつりしてしまう。そんな私をチラと見て、秀二さんはさっさと発進させるのかと思いきや、車のエンジンをかけずに「そこ」と私の座る助手席の前のダッシュボードを指差してくる。

「開けてみてください」

「なんですか？」とむくれたまま返す。

「いいから」

はっきりしない秀二さんに首を傾げつつ、ダッシュボードのグローブボックスを開けた直後、小さく息を呑んだ。

菜の花のような黄色い花柄の包装紙の包みが入っていた。ピンク色のリボンがついたシールが貼られている。

「これ……」

「差し上げます」

さっきまでの面白くない気持ちなんてたちまち霧散してしまった。緩みそうになる頬に力を込めつつ、秀二さんと包みを何度も見比べる。

「いいんですか？」

「そう言ってるでしょう」

「開けてみても……？」

「大したものではないので、あまり期待はしないでください」

そっとテープを剝がして包みを開くと、レースのついたハンカチと花柄のシュシュが出てきた。

「ありがとうございますっ……」

思わず両手で抱きしめて礼を言うと、「大げさですね」と素っ気ない。

「だって……鋸山に付き合ってくれただけでも十分なのに」

「気持ちだけです。使えるものの方がいいかと思ったのですが」

早速、シュシュを髪を結んでいるゴムの上からつけてみた。

「使えます！」

「ならよかったです」

さらりと応えつつもわずかに目元を緩め、秀二さんは車のエンジンをかけた。

その横顔を見つめ、熱くなる頰を抑え切れなくて両手を当てる。身体が足下からふわりと浮かんでしまいそう。

こんなに祝ってもらえるなんて思わなかった。

ありがたすぎて泣きそうになる。いつも色んなものをもらってばかりで、私は全然、秀二さんに返せていない気がする。

「夕ご飯、何がいいですか？」

せめて秀二さんの好きなものを作りたくて訊くと、秀二さんは前を向いたまま答える。

「あなたの誕生日なんですから、好きなものを作ればいいじゃないですか」

「山登りしてもらった上にプレゼントまでいただいたので、リクエストがあれば」

「大したことじゃありませんし」

「でも――」

そんな風に押し問答していたら、赤信号で車が停まった。

すると、秀二さんがこっちに手を出してくる。

「なら、ジャンケンで決めましょう。勝った方の好きなものを作るということで」

そうしてジャンケンをすると、グーを出した私が勝ってしまった。

「では、あなたが食べたいものを作ってください」

信号が青に変わり、秀二さんは唇に微《かす》かな笑みを浮かべてアクセルペダルを踏み込んだ。

幸せな誕生日祝いでふわふわした気分のまま迎えた翌日、火曜日のことだった。

◇◆◇

午後一時半過ぎ、ランチタイムを過ぎて一時的にお客さんが減ってくる時間帯に、《渚》にその女性は現れた。

「昨日はありがとうございました」

語尾にハートマークでもつきそうな口調で秀二さんににっこりと笑んだのは、昨日、館山駅でお財布を落とした女性だった。

あ然とした私の一方、秀二さんはこれといって表情を変えることもなく、それどころか接客モードの笑みすら浮かべて「早速来てくださって、ありがとうございます」などと返している。

私がテーブル席の方に案内しようとすると、「こっちがいいです」と女性は秀二さんの目の前、カウンターテーブルの一角に腰かけた。コートの下から現れたグレーのニットワンピースは身体のラインにフィットしたデザインで、嫌でもボリュームのある胸元に目がいってしまう。そしてタイトなスカートから伸びる白い足をゆっくりと組み直し、女性はカウンターの秀二さんに上目遣いで微笑《ほほえ》んだ。

「私、濱野《はまの》有紀《ゆうき》っていいます。お名前、お訊きしてもいいですか？」

その日を境に、濱野さんは毎日《渚》を訪れるようになった。

濱野さんは決まってカウンター席に陣取り、秀二さんが紅茶を淹れる様子をじっくり眺め、隙を見ては話しかけて控えめにクスクス笑う。

「秀二さんって、クールそうなのに意外と面白いんですね」

なんて声が聞こえてきて、私は心の中で割り箸を何度も折った。

せめて秀二さんが冷たくあしらってくれればいいものを、そこは接客の一環なのか、極めて愛想よく濱野さんの言葉に応えているのがまた私を苛《いら》つかせる。

秀二さんはクールに見せかけた不器用で、家電を壊しまくる特技だってあるんですからね！　とかはり合いたいのをぐっと堪えて、一人心の中の割り箸を折って折って、なんとか苛立ちを宥《なだ》めるしかない。

濱野さんは市内に住んでいて、今は仕事をしていないので時間があるとのこと、《渚》まで毎日車で通い、一時間ほど店に居座って去っていく。

そんな風なので、しまいにはその存在は常連さんたちの知るところにもなった。美沙さんには「モテる旦那は大変だね」と同情され、同じくご近所のおばあさん、米寿の富子《とみこ》さんには「負けるんじゃないよ！」などと励まされてしまって反応に困る。

三日、四日と経《た》って三月になっても濱野さんの来襲はやまなかった。私はとうとう我慢の限界に達し、濱野さんが帰るやいなや秀二さんに詰め寄った。

「あの人、いい加減にどうにかした方がいいんじゃないですか？」

誰のことかはすぐにわかったようだけど、「どうにかも何もないでしょう」と呆《あき》れたように返される。

「店に来てしゃべっているだけですし、客である以上は何もできませんよ」

「でも、明らかに秀二さん狙いじゃないですか」

そう喰《く》い下《さ》がると、ため息をつかんばかりの顔で見られた。

「気にしすぎですよ。時間があって話し相手が欲しいだけでしょう。既婚者にアプローチなんてしませんよ、普通は。夫婦設定なのは濱野さんも承知でしょう」

「そうかもしれませんけど……あの人、私のこと空気としか思ってないじゃないですか！　それとも、グラマラスな美人と話せて秀二さんも楽しいってことですか？」

苛立ちに任せてバカなことを言ってしまった、と反省した直後、予想どおり「バカな発言は慎んでください」と諫《いさ》められてしまう。

「外の風に当たって、沸いた頭を冷やしてきたらどうですか？」

言われたとおり、箒《ほうき》とチリトリを手に店の外に出た。

店の入口のすぐそばに咲いている菜の花を見つけ、その黄色を目に焼きつけるように見つめて大きく息を吐き出す。

あれじゃ、秀二さんにちょっかいをかけるあの人が気に入らないと駄々をこねただけに等しい。秀二さんがそれをどう思ったかなんて、考えたくもない。

菜の花を避けつつ箒を動かす。気にする必要なんてない、そう流すのが大人の対応だってわかってる。秀二さんの言うとおり、外向けには夫婦だってことになっているんだし……。

ハタと箒の手を止めた。

美沙さんによる勘違いが原因とはいえ、最初に夫婦設定でやろうなどと言いだしたのは、そういえば秀二さんの方だった。そんな設定にしたら、ご近所の目だってあるし、自由な恋愛なんて、当然のことながらできなくなるというのに。

……秀二さんって、もしかしてハナから恋愛ごとに興味がない人なのでは？

今までその可能性をまったく考えてこなかった自分に愕然《がくぜん》とする。とんでもなく思わせぶりなことを無自覚にしてくるところとか、それなら色々と納得できすぎる。

赤の他人の同居人から、家族みたいな同居人には昇格したと思うけど。今の雰囲気だと、そういう意味で好きなのは私だけ、秀二さん的には兄とか保護者のつもりでしかないのかも。

頭を冷やすどころか、あらぬ方向に思考が行ってしまった。こんなことなら、バレンタインのときにちゃんと気持ちを伝えればよかったのかもしれない。あれこれ訊きたくても、もはやタイミングすらわからない。

そんな風にしてもやもやしていた、週末の土曜日のことだった。

火曜から毎日来店し続けた濱野さんはすっかり慣れた様子で、秀二さんのおすすめに従って注文した淹れたての紅茶を口にしてから、おもむろに訊いた。

「お店の定休日って、毎週月曜日なんですよね？」

「ええ、そうです」

秀二さんはあの人に気があるわけじゃないし、と極力気にしないよう努めていても、やはり会話の内容に耳をそばだててしまう。テーブルの紙ナプキンを補充したり掃除したりと、せっせと働きつつも全神経を二人に向ける。

「次の月曜日、秀二さん、お時間あったりしませんか？」

テーブルを拭いていた手が止まった。

濱野さんは長い髪を指に絡ませつつ視線を下げ、伏し目がちになって「実は」と切り出す。

「長いこと入院している祖母がいるんです。最近調子がよくなくて、もうあまり長く保たないかもって……」

急にシリアスな話になってきた。

「その祖母が、いい人はいないのか、結婚はまだなのかって、会う度に心配してくるんですよ。それで……こんなことお願いするのも心苦しいんですけど。秀二さん、私の恋人のフリをして、祖母に会ってもらえませんか？」

私は思わず息を呑み、対する秀二さんはといえば、メガネの奥で目を瞬いただけでさして表情も変わらず、何を考えているのかよくわからない。

店の中に、見えない緊張の糸がはり詰めた。そして、秀二さんが口を開きかけたのを見て。

「――ダメです！」

私は咄嗟に声を上げてしまい、秀二さんと濱野さんが揃ってこっちを見た。

つい口を出してしまった。どうしよう……。

濱野さんだって「心苦しい」って言ってたし、入院中のおばあさんを喜ばせたいだけで、ほかに意図なんてないのかもしれない。でも、だけど……。

手にしていた布巾をテーブルに置いて、両手で自分のエプロンを握って濱野さんの方を向いた。

「すみません……。あの、どうしても誰か必要なら、例えば私が男装して一緒に行くとかじゃダメですか？　私、やっぱりその……たとえフリでも、秀二さんに恋人のフリさせるのは、嫌だなって、思っちゃって……」

しまいにはもごもごしてしまい、顔が熱くなってきた。濱野さんは目をパチクリとさせ、一方の秀二さんはというと、そんな私に一瞥《いちべつ》をくれてから濱野さんに向く。

「申し訳ありません。私もあまり彼女の機嫌は損ねたくないので」

すると。

「……あー、ハイハイ。そうですか」

今までのかわいらしい口調と仕草はどこへやら、オンオフのスイッチを切り替えたかのごとく濱野さんは急に気怠げな表情になり、長い髪をかき上げて席を立った。

「かまいませんよ、別に。どーせ嘘《うそ》ですから？」

「嘘……え、嘘？」

一拍遅れて絶句した私を、濱野さんは鼻で笑う。

「本気にしちゃった？　いちゃいちゃしててムカついたから、暇潰しにからかってやろうと思っただけだし」

「い、いちゃいちゃなんて別に……」

しどろもどろになる私に冷たい目を向け、濱野さんはカウンターに千円札を置いた。それからハンガーラックにかけていたコートを手にし、「ごちそうさま」と店のドアを押し開ける。

「あの、お釣り――」

「要らないわよ、そんなもん」

音を立ててドアが閉められ、外まで追いかけるのは躊躇《ためら》われた。

途端に静かになった店の中は、たちまち気まずい空気でいっぱいになる。

「……あなたは、何をムキになってるんですか」

秀二さんは呆れ顔で嘆息し、濱野さんが残していったティーカップをカウンターに下げる。さっきの自分の動揺っぷりを思い出し、恥ずかしいやらなんやらで顔が赤くなってしまう。

「で、でも、夫婦設定なら、あそこは気にするところかなって……思ったんですけど。

その、なんか、すみません」

「まぁ、かまいませんよ。どう断ろうか考えていたので、むしろ助かりました」

大したことなどなかったように涼しげな表情のままそんなことを言い、秀二さんも閉められたドアを見つめた。

「なんだったんでしょうね、あの人」


そして次の日、濱野さんは《渚》に現れなかった。

◇◆◇

店はいつもの空気を取り戻し、月曜の定休日になった。

ようやく訪れた平穏にひと安心——かと思いきや、私の中でもやもやした気持ちは膨らむ一方だった。

わけのわからない理由で嘘をつかれたのはどうかと思うけど、あんな風に追い出すような形になってしまったことには反省しかない。秀二さんの言うとおり、濱野さんはお客さんだったのに。

その日、午前中から炬燵に入ってノートパソコンで何かをやっている秀二さんを家に残し、私は一人昼過ぎに家を出た。もやもやしたときはサイクリングに限る。まだ潮風は冷たいものの、日差しは暖かく少しずつ春が近づいてきているのを感じられるようになった。海と菜の花を眺めつつペダルを漕ぎ、思い立って近くの直売所へ行ってみることにする。

海のそばの平屋建ての直売所は観光客もおり混んでいて、午前中のうちになくなることも多い野菜はやはり残りわずか。もう少し早く来ればよかったと思いつつ見ていたら、白菜が残りひと玉だった。しかも百円ぽっきりという超お買い得。

もうすぐ冬も終わりだし、秀二さんの愛する炬燵の出番もあと少し。今夜は炬燵でお鍋を囲むのもいいかも、と思って手を伸ばしたら、春を先取りしたような桜色のかわいらしいネイルの手とぶつかって慌てて引っ込めた。

「あ、すみません」

「いえ……」

私と同様に手を引っ込めたその女性は、綺麗《きれい》なネイルの手とは対照的に、くたびれたダッフルコートとジャージのズボンにスニーカーという気の抜けた格好だった。長い髪を緩くまとめて一つに結い、俯き加減の顔には大きなメガネがある。

「よかったら、白菜どうぞ」

私が譲ると、女性はボソリと「要らない」と応え、こちらに背を向けて逃げるような早足で去っていってしまった。

なんとなく、聞き覚えのある声のような気がする。それにあのかわいらしいネイル、白くて細い手……。

まさか。

私は白菜を抱え、人混みを縫って進み、今にも直売所を出ていきそうなその女性に追いついてコートの裾を掴んだ。

「もしかして、濱野さん？」

ギョッとしてふり返ったメガネの顔を見る。化粧もしておらずだいぶ雰囲気が違うけど、間違いない。秀二さんにちょっかいをかけていた濱野さんだ。

「離して。白菜はあげるから――」

「この白菜、よかったら半分こしませんか？」

私の提案に、濱野さんは「は？」と口を半開きにした。

濱野さんの家は、直売所から五分くらい歩いたところにある平屋建ての大きな一軒家だった。立派な瓦屋根の一方、家を囲む生け垣はあまり手入れがされていないのか、枝が飛び出て好き勝手な方向に伸びている。

「……あんた、本当についてきたんだ」

玄関の三和土《たたき》でスニーカーを脱ぐ私に、濱野さんは呆れたように薄い眉を八の字にした。

「濱野さんが『勝手にすれば』って言ったんじゃないですか」

「だって、まさか本当に家まで来るとは思わないじゃん」

先日までの色気たっぷりの濱野さんはどこへやら。ゆるゆるの格好の濱野さんが「勝手にして」と吐き捨てて廊下の奥へ行ってしまうので、私も「おじゃまします」と家に上がってそのあとについていった。

《渚》の古民家よりずっと大きく立派な木造平屋建ての日本家屋、ではあるものの、中はずいぶんと混沌《こんとん》としていた。廊下の壁際には古新聞や雑誌の束が積み上がり、通りかかった和室の中はゴミ屋敷《やしき》とまではいかないが、足の踏み場はほとんどなさそうな有様《ありさま》だ。

廊下の突き当たりを曲がったところで濱野さんは私を待っていた。なんだかんだで台所に案内し、包丁とまな板をダイニングテーブルの上に出してくれる。

「半分にするなら、ちゃっちゃとやって」

キッチンも廊下や和室に負けない混沌ぶりだった。空き缶や空き瓶、古そうな箱などが床の上や壁際に積み上がっている。

私は腕まくりしてシンクで手を洗わせてもらった。意外にもシンク周りは綺麗に片づけられていて、最低限の料理はできそうなスペースが残されている。水は冷たく、足下も古民家特有の隙間風のせいかたちまち冷える。

私はまな板の前に立ち、白菜に入れる包丁の角度を測りつつ、壁際で腕を組みこちらを見ている濱野さんに訊いた。

「お一人暮らしなんですか？」

わずかな間のあと、「今は」と答えが返ってくる。

「『今は』ってことは、前は違ったんですか？」

「……一緒に暮らしてた祖母が、ちょっと前に亡くなったの。両親は幼い頃に他界してるし」

祖母、という言葉に引っかかるも、それ以上は訊かずにおいた。包丁は切れ味が悪く、白菜の中ほどで引っかかってしまって前後に揺り動かす。

「じゃあ……家のお手入れとか、大変ですね。お仕事は、今はお休み中なんでしたっけ」

濱野さんはふいに私の隣にやって来ると、私から包丁を奪って力を込め、勢いよく白菜を半分にした。

「っていうか、あんたなんなの？」

「なんなの、っていうのは？」

「旦那にちょっかいかけてた女を相手に、なんのつもりなのかって訊いてんの」

「あ、そうでした。秀二さんには、もうちょっかいかけないでくださいね」

「……かけないし」

濱野さんは半分になった白菜の断面に目を落とし、それから包丁をシンクに置く。

「暇潰しだったたって言ったでしょ」

「おばあさん亡くなってるのに、秀二さんに恋人のフリなんてさせてどうするつもりだったんですか？」

「それではいほい来るような男だったら、『面会謝絶で祖母には会えなくなった』とか言って、どこかに連れ込もうかと思ってた」

既婚者ならアプローチされないだなんて考えの秀二さんはやっぱり甘い。あのとき割り込んで本当によかった。

「安心しなよ、もう店には行かないし。——それに私、緑茶派なの。本当は紅茶とか好きじゃない」

濱野さんはどこかから白いスーパーの袋を出し、こっちに差し出してくる。

「白菜、これに入れてさっさと帰って」

私が白菜を袋に詰めていると、濱野さんはまな板をシンクに移動させ、足下にあった空き瓶を足で壁際に押しやった。

「瓶、集めてるんですか？」

「なんで？」

「たくさんあるから……」

「捨てるのが面倒なだけ」

広いはずの家の中は、どこもかしこも物であふれている。そして、物憂げな顔をした濱野さんは、この状況を諦めているようにも見えた。

年季の入った冷蔵庫に貼ってあるゴミの収集カレンダーに気づく。目を凝らすと、この地域の缶瓶の回収日は明日だ。

「じゃあ、空き瓶は捨てましょう」

「は？」

「白菜、半分こしてもらったお礼です。ゴミ捨て手伝います」

「お礼って……そもそも私、白菜代払ってもないんだけど」

「最後にお店に来た日、お釣り、受け取ってないじゃないですか。白菜代をもらってもまだ返し切れないので、その分、私がここでちょっとだけ働きます」

使われていないスーパーの袋を発見し、手近なところにある瓶や缶を詰めていく。

「いいよ、そんなことしなくて」

「いえ、ここは乗りかかった船なので」

「誰も船に乗せてやるなんて言ってないから」

キッチンにあった瓶と缶、ついでにペットボトルを分別しながら袋に詰めていくと、ざっと十袋分になった。それを二往復して玄関のそばの廊下に置いておき、露わになったキッチンの床を軽く掃除する。余計なものがなくなると、キッチンはずっと広く思えた。

そんな私を黙って見ていた濱野さんに「バカなの？」と呟かれ、顔を上げると壁の時計はもう午後五時を指そうとしていた。

「すみません、ご飯の準備があるので、今日はおいとましますね。缶と瓶の回収日は明日ですから、ちゃんと朝に出してくださいよ！」

「今日はって……また来るつもり？」

濱野さんの質問には答えず、家を出た私は半分になった白菜を自転車の前かごに入れて家路を急いだ。

《渚》に着いた頃には日が暮れかけていて、自転車を停めた駐車スペースから見上げると、二階のリビングの明かりが外に漏れていた。

「ただいま」と声をかけて裏口から入り、階段を上ってリビングを覗くと家を出たときのまま、秀二さんは炬燵に潜り込んでいた。ただし、仕事はもう終わったのか、何かの文庫本を読んでいる。

私に気づくと、「おかえりなさい」と本から顔を上げた。

「遅かったですね」

「直売所に行って……天気もよかったんで、ちょっとうろうろしてました。白菜買ったんで、今日はお鍋にしますね」

「休みの日くらいゆっくりすればいいのに、いつも元気ですね」

秀二さんは肩をすくめ、その目はまた本に戻っていく。

ここに帰ってきて、「おかえりなさい」と言われる度に心に灯がともる。一人きりの家に帰らなくてもいいという、それだけのことで色んなものが満たされる。

一人きりの夕食、私を待つ人のいない空っぽの家。十代の頃はそれらから逃げたくて、独り立ちしようと、家を出ようと、そんなことばかり考えていた。焦ったって、背伸びしたって、そんな気持ちが慰められるわけじゃなかったのに。

広くて物であふれた家の中、諦めたような顔をしていた濱野さんのことを思い出し、私は密かに決意した。

◇
◆
◇

一週間経ち、次の定休日となった月曜。

珍しく秀二さんの方から「駅の方に用があるんですが、一緒に行きますか？」と誘われた。せっかくのお休み、一緒に出かけたい気持ちはあったものの、自転車で行きたいところがあるからと断り、荷物をまとめて家を出る。

自転車で房総フラワーラインを走り、先週行ったばかりの濱野さんの家のインターホンを押した。

「うわ、本当に来た」

玄関のドアを開けた濱野さんは、例のごとくたるんだジャージ姿で私を迎える。

「一緒にお片づけしましょう。お掃除道具も色々持ってきましたから！」

「マジで意味わかんないんだけど」

「一人じゃできないことってあると思うんですよね。――あ、でも、さすがに押し入るつもりはないんで、どうしても帰れって言うなら出直します」

「出直すってことは、また来るってこと……？」

「まぁ」

「あんた、お節介だって言われない？」

「秀二さんに年中言われて怒られてます」

私の答えに、ずっと眉を寄せていた濱野さんが破顔した。

「どうせ暇だったし」と呟いて濱野さんは私を家の中に入れてくれた。

「で？　お片づけのプロは何からやってくれるの？」

先週と同じくキッチンに通されたので、ひとまず掃除用具を詰め込んできたバッグを下ろした。

「プロどころか、どっちかというと物の整理は私も苦手です」

「はぁ？」

「でも、お掃除とかゴミ捨てなら問題ありませんので、まずはそこから始めましょう」

キッチンのすみや食器棚の上に詰まれた空箱、古い新聞や雑誌、カレンダーなど、濱野さんにゴミと判定してもらったものを端からどんどんゴミ袋に入れてまとめていく。物がなくなり、棚の上や床が露わになったら今度は拭き掃除。手を止める暇もない。

最初はそんな私を物珍しげに眺めていた濱野さんも、気づいたらゴミ袋を手にキッチンの隣、リビングで物を整理し始めていた。

「……こんなもの、さっさと捨てちゃえばよかった」

そうため息をつきつつ濱野さんが手にしたのは、食玩らしい小さなプラスチックのおもちゃだった。プラスチック製の小さな動物や車などが、音を立ててゴミ袋の中に落ちていく。

「集めてたんじゃないですか？」

「私じゃないよ、うちのババが買ってたの。しかも、ババの目当てはおもちゃじゃなくてお菓子の方だから。食玩には興味ないくせに、貧乏性だからこういうの全部取っておくんだよ、あの人は」

ババ、というのはどうやら亡くなった祖母のことらしい。

キッチンにあった目立つゴミはすべてまとめ終え、すっかり綺麗になった。と、濱野さんが「じゃあそっちもよろしく」と食器棚を指差してきて、戸棚を開けると中は大量の空き瓶で埋まっている。

「それも全部ババのだから。どんどん捨てちゃって」

濱野さんのおばあさんは、何かと物が捨てられないタチだったらしい。

二時間ほどゴミをまとめただけで、キッチンとリビングはだいぶすっきりした。少し休憩しようということになり、「お茶飲む？」と濱野さんが出してくれたのは、意外にも渋い柄の湯呑みで淹れられたティーバッグの紅茶だ。

「紅茶、嫌いなんじゃなかったんですか？」

思わず訊くと、濱野さんはしれっと答える。

「別に。どっちかというと、紅茶は好きな方」

「……濱野さん、前から思ってましたけど、いい大人なんだからあんまり嘘つかないでくださいよ」

「うっさいなー」

濱野さんは子どものように唇を尖《とが》らせ、要らない物をどかしてスペースができたリビングのソファに腰かける。

「これ、アッサムのティーバッグですか？」

「そうだったかも。よくわかるね。私、種類なんてさっぱりだから、いつもスーパーで適当に安いの買ってるんだけど」

「茶葉によって香りも味も結構違うんで、一度飲み比べしてみるといいですよ」

「秀二さんと同じようなこと言わないでくれる？」

濱野さんは私にそう突っ込み、それから膝を抱えてポツポツ話し始めた。

「紅茶が嫌いだったのは、うちのババなの。偏屈な頑固ババアでさ、あれもダメこれもダメって口うるさくて、そのくせ自分は偏食で。私が友だちの家で飲んだ紅茶が飲みたいって言っても、絶対に茶葉なんて買ってくれなかった」

「緑茶派だから？」

「そう。紅茶はなんとなく好かんって」

「紅茶も緑茶も、同じ茶葉から作られてるのに。違いは発酵度だけなんですよ」

なんて、秀二さんに教えてもらった知識を披露する。

「そんなのうちのババは聞かないから。だから高校生になってアルバイト始めて、お金を稼げるようになってからさ。嫌がらせに、誕生日に毎年紅茶、買ってやったんだよね」

さも楽しそうにヒヒッと笑う濱野さんに呆れてしまう。

「せっかくお金かけるなら、好きなものを買ってあげればいいのに……」

「それじゃ、嫌がらせになんないじゃん。『またこんなもん買ってきて！』って毎年怒らせるの楽しみにしてたんだから」

湯呑みの紅茶を飲み干し、濱野さんは立ち上がる。

「ま、そんなババだったしね。いなくなってせいせいしたわ」

「そ、そんなこと言うもんじゃないですよ」

キッチンのシンクに音を立てて湯呑みを置くと、濱野さんは笑みを引っ込め、睨むような目を私に向けてきた。

「あんたにうちのババの何がわかるのさ？」

濱野さんは睨みつけてくる目はそのままに、口元だけを今にも笑いだしそうな雰囲気で歪める。

「古い価値観であれこれ押しつけてきて、友だちでもかまわず叱りつけて説教して、彼氏というものなら箒ふり回して追い払う。それで私が学校で孤立してもおかまいなし、先生の話すら聞こうともしない、私が大事にしてた本やネイルなんかも勝手に捨てる。それが嫌で家を出たってのに、最後の三年は足腰悪くしたババの世話で出戻りよ。せいせいして何が悪いの？」

何もわからない私には何も言えなかった。そんな私に、濱野さんは満足したように今度こそ顔中で笑う。

「あんたのおかげで、なんかやる気出てきたわ。どんどん捨てて綺麗にして、男を連れ込めるくらいの家にする」

「その目標はどうかと思いますけど……」

「ほら、休憩終わり！　キッチンはひとまずいいから、次は和室やろう」

濱野さんは唐突にやる気をみなぎらせ、そのあとは夕方五時過ぎまでゴミ捨てと掃除に明け暮れた。

「来週もよろしくねー」と今度は濱野さんの方から約束を取りつけられ、すっかり重たくなった足腰に鞭打《むちう》って濱野家をあとにした。山登りよりゴミ捨ての方がしんどいなんて知らなかった。

帰りがけにスーパーで買いものをして帰宅する。凝った料理を作る気力がわかなくて、赤魚のみりん干しとサラダと味噌汁《みそしる》で済ませることに決めた。

キッチンで夕ご飯の支度を始めると、姿が見えないと思っていたら自室にいたらしい、秀二さんが顔を出す。

「あ、もう帰ってたんですね」

「とっくに。あなたはどこに行ってたんですか？」

濱野さんの名前は出しづらく、「友だちのところに」と答えた。

「友だち、ですか」

秀二さんはそれ以上は訊かず、再び自室に引っ込んだ。

そうして一緒に夕食をとり、片づけを終えると私は早々に風呂に入って寝る支度を調えた。濱野家の和室にあった古い花瓶や壺《つぼ》を運んだのが、時間差で腕と腰に響いている。筋肉痛なんて久しぶりだ。

自室で髪を乾かしてからリビングを覗くと、例のごとくで秀二さんは紅茶片手に本を読んでいた。

「あの、私、疲れたんで今日はもう寝ますね」

すると、秀二さんは本から顔を上げた。

「具合でも悪いんですか？」

「そういうわけじゃないんですけど、ちょっと疲れちゃって……」

お風呂で身体が温まったせいか、話しているそばから欠伸《あくび》が漏れる。

「あやめさん、ちょっと――」

「おやすみなさい」

秀二さんが何か話そうとしていたような気もしたけど、眠気のあまり立っているのも限界で、そのままフラフラと自室に戻って布団に倒れ込んだ。


たっぷり十時間近く眠り、翌朝は清々《すがすが》しいまでにすっきりと目が覚めた。腕の筋肉痛はまだ残っているが、概《おおむ》ね回復できたようだ。

今週もがんばろう、と気合いを入れて顔を洗って髪を整え、化粧をしてからキッチンの方を覗く。

「おはようございます」

いつもだったらチラとこちらを見るくらいしてくれるのに、秀二さんは湯を沸かしているやかんを見つめたままで、「おはようございます」という挨拶もどこか素っ気ない。

どうかしたのかと疑問に思えど、クールなその表情からは感情が読み取りにくい。

すっきりしない気持ちのまま、ふとダイニングテーブルに目をやると、私の席にパステルカラーの四角い箱が置いてあることに気がついた。リボンがかかっていて、裏を見るとマカロンと書いてある。

「このマカロン、どうしたんですか？」

訊くと、秀二さんはまたしてもこちらを見ないまま淡々と答える。

「昨晩、あなたに渡そうとして拒否されたものです」

「え、拒否？」

もしや、とカレンダーを見る。

今日はホワイトデーだった。

オフである昨日のうちに用意し、渡そうとしてくれていたんだろう。

「あの……ごめんなさい！　昨日、疲れてて全然頭回ってなくて」

「みたいでしたね。まぬけな欠伸を何度も見ました」

「マカロン、すごく好きなんです！　ありがとうございます！」

「要らないんじゃなかったんですか？」

ようやくこっちを向いた秀二さんの顔はクールを通り越し、もはやわかりやすいまでにご機嫌斜めだ。

「要らないわけないじゃないですか！　せっかく用意してくれたのに……昨日は本当

にごめんなさい」

両手を合わせて頭を下げて、けど秀二さんは表情を変えない。

「いつも体力だけはあり余っているあなたがそんなに疲れるなんて、昨日はどこで何をしていたんです？」

「それはその……」

濱野さんのことを話すのは憚《はばか》られた。濱野さんのあの気の抜けまくったジャージ姿や、ゴミ屋敷一歩手前の家の状態を勝手に教えてしまうのは気が引ける。

もごもごしていたら、「もういいです」と秀二さんはやかんの方に向き直る。

「あなたがどこで何をしていようが、口出しするつもりはありません。そんなルールはありませんしね」

「別にやましいことしてたわけじゃ、」

「どこで何をしようが勝手ですので、言い訳は結構です。店や私に迷惑がかかるような面倒を起こさなければどうでもいいので」

「そんな言い方しなくても……」

「こちらこそ、余計なことを訊いて申し訳ありませんでした」

やかんが鳴って、会話はそこで終了した。

自分で言ったとおり、秀二さんはそれ以上私がどこで何をしていたのか訊いてくることはなかった。けど、ただただひたすらに空気が悪い。

あからさまに無視されるわけでもなく、話しかければ短い相槌《あいづち》は返ってくる。でも、夜は食事が終われば早々に部屋に引き上げてしまうし、雑談すらできる雰囲気じゃない。

◇◆◇

久しぶりに長引きそうな冷戦が始まってしまって落ち込んだ。さっさと理由を説明して仲直りしたいのに、次の月曜日まで解決のしようがない。こんなことなら、濱野さんと連絡先の交換をしておけばよかった。次の定休日に濱野さんに会ったら、秀二さんにもろもろの事情を話してもいいか訊かねばと心に固く決意する。

そうして待っていた月曜日を迎え、私は先週同様、掃除道具などを準備した。秀二さんは私にどこへ行くか尋ねることもせず、リビングで一人黙々と本を読んでいる。

「あの……出かけてきますね」

「お好きにどうぞ」

返ってきた声はあまりに冷たく、尾の垂れた犬の気持ちで家を出た。

秀二さんの機嫌を損ねたいわけじゃないのに。

濱野さんの家の片づけを手伝うと決めたのは私だし、だからこそ勝手に事情は話せない。けど、やましいことをしているわけじゃないし、それくらい信じてほしい。

私って、そんなに信用ないんだろうか……。

しょぼくれつつ自転車を漕ぎ、濱野さんの家に到着する。

「あれ、あやめっち、なんか元気なくない？」

私に「あやめっち」などと愉快なあだ名をつけた濱野さんは、前髪を頭のてっぺんでちょんまげのように結び、私とは打って変わってご機嫌な様子だ。

「何かいいことでもあったんですか？」

「いやー、私のがんばりを早く見せたくてさ」

そうして通された家の中は、濱野さんが早く見せたかったというのもわかるくらいに物がなくなっていた。

キッチンやリビング、隣の和室はもう私が手出しする必要もなさそうだ。物がなくなった床は、ピカピカに磨き上げられてすらいる。

「すごいじゃないですか」

「でしょー。私もやればできるって話よ」

濱野さんはニコニコしながら、私をさらに奥の部屋へと案内する。

「あとは、この部屋さえどうにかすれば終わりって感じ」

そうして通されたのは、空っぽのベッドが部屋の半分を占める和室だった。

「ここ、もしかして」

「ババの部屋」

濱野さんはなんでもないことのように説明し、そしてゴミ袋を持ってきた。

「この部屋もどんどん綺麗にしていこう」

「あの……思い出の品とか、そういうのはいいんですか？」

濱野さんはきょとんとしたように私を見る。

「ないない。むしろ腹いせに全部捨ててやりたい」

「親戚の方に形見分けとかは……？」

「付き合いのある親戚なんていないから」

濱野さんは壁際のタンスを開け、中に入っていた衣類をリズミカルな手つきでゴミ袋に詰めながら私に訊いてくる。

「そうだ、あんたに訊こうと思ってたんだよね。このベッド捨てたいんだけど、こういうのってどうしたらいいの？」

「組み立て式のパイプベッドですね……これなら、分解して粗大ゴミでしょうか。あ、じゃあ、コンビニで粗大ゴミ券買ってきますよ」

「コンビニなら海の方に歩いてすぐだよ。じゃ、よろしくー」

鼻歌交じりにゴミ袋をいっぱいにしていく濱野さんを部屋に残し、私はお財布を片手に家を出た。瓦屋根の一軒家をふり返り、複雑な気持ちのままコンビニへと足を進める。

ゴミや不要品であふれた家で諦めた顔をし、嘘ばかりつく濱野さんに何かできればと思っていた。けど、それが濱野さんの変なスイッチを押してしまった気がしてならない。

濱野さんとおばあさんの関係がどんなものだったか、私に知る術《すべ》はない。「いなくなってせいせいした」という濱野さんの言葉どおり、あまり良好な関係じゃなかったのかもしれない。それでも、あんな風に喜々として遺品を捨てる姿に、どうしようもない寂しさを勝手に感じてしまう。

秀二さんに知られたら、きっとまた呆れられるだろう。どうしても濱野さんのことが気になるなら、出しゃばったことをしないでただ話を聞くくらいでよかったのかもしれないのに。

コンビニは歩いてすぐどころか、濱野家から見えるところにあった。大通りの横断歩道を渡って四角い建物に入り、レジへ向かいがてら、なんとはなしに視線をやった雑誌コーナーを見て硬直する。

「秀二さん……？」

立ち読みしていたのか、雑誌を手にした秀二さんもこちらを見て目を丸くしていた。が、すぐに冷静な表情に戻って開いていた雑誌をラックに戻す。

「何やってるんですか、こんなところで」

そう私が訊くなり目を細められた。

「それはこっちの台詞です」

秀二さんが立っていた雑誌コーナーはコンビニの入口近く、つまり大通りに面したところにあって、ガラス越しに濱野さんの家が見えていた。駐車場には、秀二さんのスクーターが停まっているのも見える。

「もしかして……私のことつけてきたんですか？」

「お好きにどうぞ」などと言っていたくせに、やってることは過保護な父親みたいだ。

秀二さんは私の質問には答えず、一歩前に出るなり強い口調で訊いてくる。

「あなたがまた面倒を起こしそうな気がしたんです。いかにも隠しごとをしています
という態度を取られて、気にならないわけがないでしょう」

「そんなつもりじゃ……」

「あの家でコソコソ何をしているんですか？　先週行っていたのもあそこなんです
か？」

濱野さんに、秀二さんに話してもいいかさっさと確認しておけばよかった。

などと後悔していたところ、秀二さんはらしくなく苛立ち交じりの口調で予想外の
ことを訊いてくる。

「男ですか？」

「は？」

「あの家にいるのは、男かと訊いてるんです」

まさか。私があの家で、誰かと逢《あ》い引《び》きでもしてると思われてる……？

「ち、違いますよ！　そんなわけないじゃないですか！」

「じゃあなんなんですか？」

「それは……あの、秀二さんに事情を話してもいいか、今から許可を取ってきてもい
いですか？」

「なぜそんな許可がいるようなことをしてるんです？」

秀二さんの顔を見るに、疑念はまだ払拭できていない。これは今すぐ説明しないとますます拗《こじ》れそうだ。

背に腹は代えられない。濱野さんに心の中で謝りつつ、「実は……」と口を開きかけたそのとき。

コンビニの自動ドアが開き、「あやめっちー」と陽気な声をかけられた。

「プリン食べたくなったから私も来ちゃった」

ちょんまげヘアをゆらゆらさせて、スキップでも踏みそうな雰囲気で濱野さんが現れた。


秀二さんと私をリビングのソファに通した濱野さんは、もう何度目かわからない悪態をついた。

「……あーもう、マジ最悪」

濱野さんはちょんまげヘアをやめ、下ろした前髪を片手で整えつつダイニングでお茶を淹れ、そして私を睨みつける。

「なんで秀二さん連れてくるの？　私、イケメンにはスッピン晒さない主義なのに！

ちょんまげまで見せちゃったじゃない！」

濱野さんの中では、秀二さんはイケメン枠であったことが確認できた。

対する秀二さんはといえばまだ機嫌が悪く、そんな濱野さん相手に素で応える。

「スッピンもちょんまげも興味ありませんので、余計なお気遣いは結構です」

「秀二さんってこんなこと言うキャラなの⁉」

「これが秀二さんの平常運転です」

仮にも紅茶店の店主にティーバッグの紅茶を出すのは気が引けたらしい、濱野さんは緑茶を私と秀二さんに出してくれた。それからソファの正面に出した座布団に座ると、秀二さんの質問に答えていく。

「――つまり、あやめさんはここ最近、定休日の度にここに来て掃除を手伝っていた、ということですか？」

「そう。最初はあやめっちが勝手に掃除始めてくれちゃってさ。どうしようかと思ったんだけど、こっちもなんかその気になっちゃったし、まぁいっかって」

秀二さんは「何やってるんですか」とこれ以上ない呆れ顔で私を見て眉間を揉《も》んだ。

「だって……なんか、ほっとけない感じがしちゃって」

「呆れすぎて語彙力喪失しました。何から説教したらいいのかわかりません」

「余計なことしてるのはわかってますけど……」

「わかってないからやるんでしょう？　学習機能が備わってないいんじゃないですか？」

「考えるより先に身体が動いちゃうことってありません？」

「それをセーブするために人間には理性というものがあるんですよ。だから珍獣は人類に昇格できないんです」

そのとき、濱野さんがぷっと吹き出して私たちは言葉を切った。濱野さんはそのままお腹《なか》を抱えてケラケラ笑う。

「いやー、私、秀二さん無理だわ。手、出さなくてよかったー」

秀二さんはますます憮然《ぶぜん》とした顔になり、私は「笑いごとじゃないですよ」と眉を寄せる。

濱野さんは笑いすぎて浮かんだ涙を指で拭いつつ、まぁまぁ、なんて秀二さんを宥めた。

「あやめっちのこと、あんまり怒らないでやってよ。なんだかんだで家が片づいて私も助かったしさ。あんたも迎えが来たんだしもう帰りな」

「でも、あとひと部屋で終わるって……」

「片づけ、あと少しで終わりそうなんですか？」

訊かれて頷くと、秀二さんは深々とため息をついた。

「で、あなたは最後まで手伝いたいんですね？」

「そうです」

「……なら、私も手伝います。そうすれば早く終わるでしょう」

ごちゃごちゃ言いながらも、結局手伝ってくれるあたりがお人好《ひとよ》しだ。

そんな秀二さんなのに、本当に悪いことをしたと反省した。もし逆の立場であんな風に隠しごとをされたら、きっと秀二さんの比じゃないくらい不機嫌になって、気になって夜も眠れなかったに違いない。一緒に暮らしてるんだから、それくらい考えるべきだった。

あとでちゃんと謝ろうと心に決め、「ありがとうございます」と礼を言った。

そうして三人で片づけに着手して三十分。

秀二さんが思いも寄らない才能を発揮した。

「――こんなの、難しいものでもないでしょう」

ベッドの分解を任せたところ、短時間でものの見事にバラしてみせたのだ。

「すごい、物を壊すことにかけては天才的ですね」

「褒めても何も出ませんよ」

「心底感心してるだけです」

ベッドがなくなると、八畳ほどの和室はたちまち広々とした。濱野さんは、ベッドにずっと塞がれていたという押し入れを開ける。

「……うわー、これはまた大変かも」

上段には古そうな布団が一式、下段には大小様々なサイズの段ボール箱が詰まっていた。

「布団は粗大ゴミですね」

「この箱の開封作業は今度ゆっくりやるかなー。どうせ捨てるだけだけど」

濱野さんは手前にあった小ぶりな段ボール箱を一つ引き寄せ、蓋を開けるなり表情を固まらせた。

「何が入ってたんですか？」

濱野さんは私の質問には答えず、黙って箱の中身を見せてくる。

大量の茶缶だった。

円筒形のものや四角いもの、凝った凹凸の模様があるものと、色んな形とサイズの茶缶が無造作に箱に詰められている。そしてパッケージを見ると予想どおり、それらはすべて紅茶の缶。

「これ、私が誕生日にあげてた紅茶だ」

「嫌がらせに買ってたっていう？」

「どうせ飲まないんだから、さっさと捨てればいいのに。いつもゴミばっかり溜め込んで……」

横から秀二さんが手を伸ばし、円筒形の茶缶の一つを取り出して蓋を外した。

「中は空のようですよ。ほかの缶も、中身はないんじゃないですか？」

秀二さんの言うとおり、茶缶はどれも空だった。よく見ると、缶の底に油性ペンで西暦と「〇」「△」「×」などの記号が書かれている。

おばあさんが好んでいなかった紅茶を濱野さんがわざわざ誕生日に買って贈っていた、という話を私が教えると、秀二さんは濱野さんに訊いた。

「茶葉はどんな風に選んでいたんですか？」

「選ぶも何も、紅茶なんて詳しくないし適当。安物だとすぐ捨てられそうだから、嫌がらせにわざと見た目のいい缶にはしてた」

なるほど、と頷いた秀二さんは、次々と缶を手に取って見ていく。

「もしかしたら、『〇』は気に入った茶葉だったのかもしれませんね」

「なわけないし」

濱野さんは即答してケラッと笑う。

「ただの落書きでしょ。中身だって飲まずに捨てたに決まってる。あれはそういうババだからね」

濱野さんが残りの段ボール箱の整理は自分ですると言うので、夕方前に私と秀二さんは濱野家を出た。

「どんだけお節介なんだと思ったけど、ま、一人じゃできなかったし助かったよ」

健康サンダルで外まで出てきた濱野さんは珍しく素直に礼を言い、家の方をふり返る。

「家の中空っぽになって、やっと一人になれたって感じだわ」

気がつくと濱野さんの顔から笑みは消えていて、その目はどこか遠くを見つめるようなものに変わっていた。

やっと一人。

早くに両親を亡くし、唯一の肉親であったはずの祖母もいなくなった濱野さんの心中は簡単には推し量れない。

「ずっと暇してってもなんだし、ま、ぼちぼち仕事でも探してみるよ」

「あの、濱野さん――」

「じゃーね」

私には何も言わせず、最後は笑顔を作り、跳ねるような足取りで濱野さんは大きな家の中に戻っていった。

それを見つめたまま、なかなか動きださない私を秀二さんが促す。

「――行きますよ」

駐車場に移動させていたスクーターの方へ歩きつつ、秀二さんはポツポツと話しかけてくる。

「帰りにどこか寄りますか？」

「あ、そうですね。月曜だとスーパーの卵が安いし……」

スクーターの隣に停めた自転車の鍵を取り出し、けどまたしても動けなくなってしまって私は秀二さんを見上げた。

視線に気づかれ、「どうかしました？」という質問に質問で返す。

「手、借りてもいいですか？」

「は？」

スクーターのハンドルに触れていたその手を取って、両手でそっと包み込む。指が長くて、大きくて温かい。

「……なんですか、突然」

なんだか急に心細くなってしまったとは言えず、その手に触れたまま謝った。

「心配かけて、ごめんなさい」

「そうですね。少しは自重してください」

嘆息交じりの言葉にしっかり頷いてから口を開く。

「私……一人じゃなくて本当によかったって、ここに来てからずっと思ってて。だから……」

かつて一人でやっていけるようになりたかった私は、自覚してしまったが最後、もう一人になるのが怖くてたまらない。もしそうなってしまったらって、考えただけでも落ち着かなくなる。だからこそ、あの広い家に一人でいる濱野さんの気持ちを勝手に想像し、いても立ってもいられなくなってしまった。

でも、自分でもわかってる。それはやっぱり、私の気持ちの問題でしかない。

私が続きを呑み込んだ言葉を、秀二さんがどこまで推測できたのかはわからない。けど、次にかけられた言葉は優しく諭されるようなものだった。

「でもそれは、他人に押しつけるようなものではないでしょう？」

反論しようがない。秀二さんの言うことは正しい。

私はもう一度頷き、握っていた秀二さんの手を離した。

「すみません」

「まぁ、濱野さんが『一人じゃできなかった』と言ってくれたなら、それでいいんじゃないですか？」

秀二さんがヘルメットをかぶったのを見て、私も自転車のチェーンを外した。

◇◆◇

週が明け、数日《すうじつ》経った頃だった。

「……来ちゃった」

へへっと笑って、濱野さんが《渚》に現れた。

ダボついたジャージ姿ではなく、ニットのセーターにフレアスカート、髪も整え化粧もばっちりだ。その手には和菓子店の紙袋。

「これ、掃除のお礼です」

たるんだ格好を見られたことなどなかったように、にっこり笑んで秀二さんに菓子折を差し出している。

「わざわざありがとうございます」

対する秀二さんの方も、素を見せたことなどなかったように接客用の笑顔で応えた。きつねとたぬきの化かし合いだ。

カウンター席に着いた濱野さんに私はお冷やとおしぼりを出しつつ、つい浮かんでしまう笑みもそのままに話しかけた。

「もう店には行かないって言ってたのに、また来てくれたんですね」

「あぁ、それ嘘だし」

「また嘘ですか……」

ジャージ姿でこそないものの、濱野さんはそこまで取り繕った様子でもなく、砕けた雰囲気でふふっと笑んだ。

「ま、おかげで家の掃除も終わったしね。今日はこれから用があるから、その前にちょっと寄っただけ」

「もしかして、お仕事ですか？」

「仕事になるかもしれない、ってとこかな。ほら、うち、一人で暮らすには広すぎるでしょ？　だから、ちょっと改装して使わない部屋を何かに使えないかと思ったんだよね。地域のコミュニティスペースとか、ギャラリーとして貸し出したりとかさ。そういうの、一緒に考えてくれるって人と話すの」

「それ、すごくいいですね！」

心の底から安堵した。遺産があり目下のお金には困っていないそうだが、空っぽになったあの家で、濱野さんがこれからどうやって暮らしていくのか気になっていたのだ。

「あんたが掃除に来てさ。久しぶりに家がにぎやかになって、なんか、そういうのも悪くないかな、とか……」

おまけにそんなことまで言ってくれるので、私はあふれそうになる色んなものを堪えて唇を引き結んだ。

「何、その顔」

「だって……ありがとうございます」

「なんであんたが礼言ってんの」

「また余計なことしたって反省してたから……」

「お節介なくせに反省はするんだね」

感極まっている私の一方、濱野さんは素っ気ない。

そんなやり取りをしていたら、「それでは」と秀二さんが声をかけた。

「話し合いがうまくいくよう、一杯ごちそうしましょうか？」

「え、いいんですか？　嬉しい」

たちまち外面の美人の笑みに切り替えた濱野さんに笑う。

そうして秀二さんが淹れたのは、青々とした若葉のような豊かな香りがする、淡い橙色の紅茶だった。

「ヌワラエリアという、スリランカの紅茶になります。ハイグロウンティーという、スリランカの標高一二〇〇メートル以上の高地で生産される茶葉です。よかったら、感想を聞かせてください」

「喜んで」

濱野さんはにっこり応え、長い髪を耳にかけてティーカップにそっと口をつける。

わずかな沈黙ののち、やがて静かに顔を上げた。

「これ、紅茶だけど、なんでだろう。なんか緑茶っぽい。香りもそうだし……ちょっと渋みもあるせい？」

「そうですね。緑茶に近い味わいのある紅茶だとよく言われています。今の季節にぴったりな、春の紅茶です」

「そうなんだ。これなら、うちのババも飲めたかもねー……」

そう呟いた濱野さんに、秀二さんは外面ではない笑みを向ける。

「二重丸の紅茶です」

「二重丸？」

「おばあさまが取っておかれていた茶缶の中で、『○』でも『×』でもなく、唯一『◎』が書かれていたのがこの茶葉です。緑茶がお好きだったんでしょう？　あなたがおっしゃっていたように、この紅茶はおばあさまの好みに近い味だったんじゃありませんか？」

たちまち動揺の色を浮かべた濱野さんに、私は黙っていられなくて身を乗り出した。

「おばあさん、きっともらった紅茶、ちゃんと全部飲んでたんですよ！」

「そんなわけ、」

「だって、大事な孫が誕生日にくれたものですよ？　飲んでくれててもおかしくありませんよ！」

「またこんなもん買ってきて！」と怒りながらも、おばあさんにとっては大切な孫が、アルバイト代をはたいて買ってくれた茶缶。ただでさえ物を捨てられないタチもあり、こっそり箱にしまって大事に取っておく姿は想像に難くない。

そして、「まずい」「こんなもん飲めるか」なんて文句を言いながら、濱野さんのいない隙を狙ってあのダイニングで紅茶を淹れ、缶の裏に印を書き込んだのかもしれない。「飲めなくはない」の『△』、「好きじゃない」の『×』、「まぁまぁってところかね」の『○』……。

素直じゃなくて嘘ばかりつく濱野さんの、おばあさんなのだ。

似た者同士であることくらい、濱野さんだって百も承知のはずだ。

「濱野さんだって、本当はわかってたんじゃないですか？」

「……そんなの、」

濱野さんはカップを下ろした。

「わかるわけないし……」

その目から思いがけず一つ、二つと大粒の涙が落ち、濱野さんは手の甲で拭う。

「変なこと言わないでよ。あんなババ、嫌いだって言って――」

けど続きは言葉にならず、濱野さんは唇を噛むとその手で目元を覆った。

涙でマスカラがドロドロに落ちてしまい、濱野さんが悲痛な声を上げた。

「これから人と会うのに、どうしてくれんのよ！」

というわけで、私の部屋に通して化粧を直してもらうことにした。ついでなので鏡の前に座ってもらい、私が髪のセットをし直した。

「まさか、あんたが元美容師だとは思わなかったわ」

「美容師っていっても、見習いですけどね。サロンを辞めてから、もうそこそこ経ってるし……」

敦久さんの部屋を飛び出てサロンも辞めて、気がつけばもう八ヶ月も経っている。

「若そうなのに、あんな旦那もいてなんか大変だね」

「秀二さん、口は悪いけど意外とお人好しですよ」

「のろけんな、鬱陶しい」

ヘアアイロンで毛先を整え終えると、「これならいっか」と濱野さんは満足そうに笑み、ふとまじめな顔になってポツポツと話しだした。

「私、ババの葬式で泣けなかったんだよね。だから、さっき自分でもびっくりした」

「おばあさんのこと、本当は好きだったんですね」

「はぁ？　嫌いだっつってんじゃん」

「嘘つきの言うことなんて信じません」

濱野さんは私を睨み、けどすぐにその表情を緩める。

「家がすっきりしてさ。あのババが、最後の最後まで口うるさかったのとか、そういうどうでもいいこと、おかげで色々思い出した」

「寂しくないですか？」

「別に。せいせいしたのに変わりはないからね。一人になったし、私は私の好きにやってくよ」

濱野さんはまっすぐに前を見てそう宣言し、そして私に向き直る。

「もう二度と掃除しに来させないから安心して」

「手伝いが必要になったら、いつでも呼んでくださっていいですよ」

「鬱陶しいから遠慮しとく」

唇を尖らせた私を濱野さんは笑い飛ばす。

「休みの日は旦那と過ごせばいいじゃん。ま、その代わり？　あんたがまた私に会いたいって言うなら、たまには店に顔出してやってもいいけどね」

濱野さんを店の外まで見送り、姿が見えなくなってから辺りを見回した。

一月から咲いていた菜の花はそろそろ終わりかけ、萎《しぼ》んだ花弁の下に種子の詰まったさやをつけている。海から山の方に視線を移せば、梅は桃色の花をつけ、桜もちらほらと花弁を開き始めて彩り豊かになりつつある。

風は心地よく日は暖かで、分厚いコートはもう必要ない。

店に戻った私は、秀二さんに訊いた。

「なんであの紅茶、濱野さんに出してあげたんですか？」

カウンターで茶器を整理していた秀二さんは手を止め、「『なんで』とは？」と訊き返してくる。

「余計なことはしない主義なのに」

「深い意味はありません。私は一杯ごちそうしただけです」

「そうなんですか？　私のお節介が移ったのかと思ったのに」

私の言葉を聞くなり、秀二さんは心底嫌そうに眉を寄せた。

「笑えない冗談はやめてください」

「まぁ、そういうことにしておいてあげます」

それから私は、濱野さんのアドバイスに従うことにした。

「秀二さん、今度のお休み、一緒にお花見に行きませんか？」

迷う間もなく、「そうですね」とすぐに返事がある。

「コソコソされるよりはいいかもしれません」

思わず頬が緩んでしまって、「しまりのない顔してますよ」なんて言われたけど、かまわず「楽しみですね」と返しておく。

春はもうすぐそこだ。

3-Ⅰ．選択の紅茶〈Russian Tea〉

焼き上がったスコーンやクッキーがずらりと並んだダイニングテーブルをまじまじと見てから、秀二さんは私に訊いた。

「お菓子パーティでもするつもりですか？」

桜の見頃も過ぎ、新緑眩しい四月も上旬。定休日だったその日、私は朝からお菓子作りに励み、昼過ぎにその成果を秀二さんに披露した。

「違いますよ。もしよければ、秀二さんに味見してほしいんです」

「味見くらいかまいませんけど。どうしたんですか、こんなに」

「その……お菓子、《渚》の正式なメニューにしてもらえないかなと思って」

これまでも、シフォンケーキは常連さんに好評で、数量限定のケーキセットとしてメニューに加えてもらっていた。ほかにも気が向いたときにスコーンやクッキーを焼いて出すこともあったけど、こちらは趣味半分でお代ももらっておらず、きちんとしたメニューではない。

私の意図を汲《く》みかねるように、秀二さんはスコーンやクッキーを目を細めて眺めている。

「突然ですね」

「突然じゃないです。実は、ずっと前から考えてはいたんですけど……お店の利益になるようなこと、私にもできないかなって」

　すると、秀二さんは静かに息を吐き出した。

「経営状態の心配は要らないと──」

「心配してるわけじゃないんです。私が、やりたくて」

「……そうですか」

　秀二さんは素っ気なく応えると、こちらに背を向けてキッチンの方へ行ってしまう。

反応は予想していた以上に薄い。

　やっぱり余計なことだったかもしれない。

「あの……すみません、勝手なこと言って。無理ならかまわないですし」

「味見、してほしいんでしょう？」

　やかんを火にかけると秀二さんはこちらを向いた。その目には、どこか面白がるような色が浮かんでいる。

「紅茶を淹れるので、少し待っていてください」

　それなら、と私は秀二さんの隣に立った。

「紅茶も私に淹れさせてください！　実は、こっそり練習してたんです」

基本的なストレートティーの淹れ方自体は、ずっと前に秀二さんに教わっていた。

けど、店では秀二さんは茶葉の種類に応じて蒸らし時間を微調整したりと、さらに細やかに気を遣っている。そんな仕事ぶりをこっそり観察したり、秀二さんの持っている紅茶の本を借りたりして勉強していたのだった。

「私もちゃんと紅茶を淹れられれば、いざってときに秀二さんも心強いですよね？」

私が前のめりになって申し出ると、秀二さんは小さく吹き出した。

「自分で『心強い』とはまた、ずいぶんな自信ですね」

「そ、そこまでじゃない、ですけど……」

たちまちしどろもどろになる私に、秀二さんは笑いながら応える。

「心強いお申し出ですしね。それなら紅茶、ぜひ淹れてください」

そうして秀二さんに見てもらいつつ、定番のアッサムの紅茶を用意して一緒にお菓子を囲んだ。

私なりに色々と考えながら作ったので、一つずつ説明していく。

「シンプルなスコーンは、クリームをつけたりジャムをつけたりしたらどうかなって思ってます」

「ジャム、いいかもしれませんね。季節に応じて味も変えられますし。ロシアでは、ジャムを舐《な》めながら紅茶を味わう飲み方もあるんですよ。自家製のジャムを作っている工房などと交渉するのもいいかもしれません」

「あと、こっちのスコーンはチョコチップ、こっちはベリー、これは塩味です。それと、こっちは硬め、こっちは柔らかめに焼き上がるように調整してて……」

私の説明を聞くと、味や感想を述べたあとに秀二さんは色々と質問してくれた。仕入れはどうするつもりか、原価はどれくらいか、作るのにどれくらいの手間がかかるのか……。答えながら、検討が必要そうなことはノートにせっせとメモを取る。

紅茶のお代わりを飲みつつ話していると、気づけばそこそこ時間が経っていた。

「すみません、貴重なお休みなのに付き合わせちゃって」

「かまいませんよ。店のことですし」

私の思いつきでしかないのに、当たり前のことのように「店のこと」と言ってくれ、思わず手にしていたノートを両手で抱きしめた。

「なんか、作ることに夢中になってました。ちゃんとしたメニューにするなら、原価とかもうちょっと考えないとですね」

「少しずつやっていきましょう。そうですね……まずは、スコーンを正式なメニューに加えることを目指しましょうか？　ティータイムの定番のお菓子でもありますし」

「いいんですか？」

「シフォンケーキと材料も概ねかぶっていますし。試しに数量限定で用意して、反応を見てみてもいいかもしれません」

「ありがとうございます！」

そうしてスコーンについての打ち合わせをし、具体的な手順やスケジュールを決めた頃には夕方近くになっていた。

残ったお菓子を保存容器にしまい、ダイニングテーブルを片づける。お菓子でお腹が膨れているので、夕ご飯は軽めにしよう。

一方、秀二さんは空になったティーポットを下げつつ訊いてきた。

「お菓子、そんなに作りたかったんですか？」

「そういうわけじゃなくて……もっと自分でも考えてお仕事できたらいいなって思ってたんです。それでお店の利益になれば、さらにいいなって。あ、もちろん、お菓子作りも嫌いじゃないですよ」

「まぁ、あなたは働くのが好きみたいですしね」

「そうですか？」

「じゃなきゃ、自分から仕事を増やしたり、休みの日に他人の家の掃除を手伝ったりしないでしょう？　そのわりに雑というかがさつですけど」

「だから、ひと言多いんですよ」

肘で小突くとその表情が解《ほぐ》れるように笑みが浮かび、図らずもドキリとさせられてしまう。

出会ったばかりの頃は、何を考えているのかよくわからないクールな人だと思っていた。今みたいに無邪気に笑う姿なんて、想像すらできなかった。

これが秀二さんの本来の姿なのか、それともなんらかの変化があった結果かはわからないけど。それを見せてもいい存在だと思われているという、その事実は悪くない。

リビングの炬燵は先月のうちに片づけてしまったけど、春の陽気も相まって、家の中は温かい。

◇
◆
◇

すっかり冬が遠退《とおの》き、気温が徐々に高くなると心は勝手に弾んで仕事にも精が出る。試行錯誤の末にスコーンを試験的にメニューに追加した、四月も下旬、ゴールデンウィークに入ってすぐのことだった。

日もすっかり延びてまだまだ明るい午後四時半近く。おしゃべりに興じていた常連さんたちも少し前に帰っていって静かになり、もう新しいお客さんは来ないかな、と思っていたら予想外に店のドアが開いた。

「いらっしゃいませ！」といつものように声をかけ、私は新たなるお客さんに笑顔を向ける。

現れたのは、明るい橙に染められたショートヘアの女性だった。

顔を隠す大きな茶色いレンズのサングラス、青地に白のドットという目立つ柄のシャツに、タイトなジーパン姿。その手は、これまた目立つパッションピンクの小ぶりなキャリーケースを引いている。人目を引くその格好に、この辺の人じゃなさそうだし観光客かな、と考えていたところ。

女性はキャリーケースからパッと手を離すなり、まっすぐに私の方に駆けてきてそのまま飛びついてきた。

突然のことに目を白黒させつつも、勢いのついたその身体をなんとか受け止めてその場に踏《ふ》み止《とど》まる。

「えっと……」

遂《つい》には回された腕にぎゅっとされて身動きが取れなくなり、女性の橙色の後頭部越しに秀二さんに目で助けを求めた。

「あやめさんのお知り合いですか？」

秀二さんがカウンターから声をかけると、女性はようやく私を離して顔を上げた。

「友だちです！」

明るく答えたその声に、目の前の人物が誰だかようやくわかって、今度は私の方から強くハグを返した。

「葵⁉」

ようやく腕を緩めて顔を見合わせると、女性は白い歯を見せるように笑んでサングラスを取る。

定期的に連絡をくれる、数少ない友人の葵だ。

「もう、最初、誰だかわからなかったよ」

「えー？　あやめってば薄情じゃない？」

「葵ってば、見た目が変わりすぎなんだもん」

とはいえ、葵の髪型や色が変わるのはいつものこと。そのぱっちりした丸い目を見れば、纏《まと》う雰囲気は私の記憶そのままだ。最後に会ったのは確か一年前くらい。そのときは、黒髪に緑のメッシュを入れたボブヘアだった気がする。

「まとまった休みが取れたんだ。っていっても、遅い冬休みなんだけど。前からあやめのところに行ってみたかったし、いい機会だと思って来ちゃった」

「そうなんだ。連絡くれれば迎えにいったのに」

「そこはほら、驚かせたかったし？」

閉店時間も近く、店にはほかに客はいない。キャリーケースを転がしてカウンター席に着いた葵に、秀二さんはにこやかに「あやめさんとはいつからのご友人なんですか？」と訊いた。

「美容学校時代からの付き合いで。あ、でも、私は大学出て数年会社員やってから専門学校入り直したんで、ちょっと歳が上なんですけどね」

私はお冷やとおしぼりを用意しつつ、秀二さんに葵のことを紹介した。

「友だちの、葵田《あおいだ》瀬《せ》詩瑠《しる》さんです。葵、こっちはこのお店のマスターの佐山さんで――」

「ちょっと、キラキラネームのはしりみたいな本名紹介することないでしょ!?　――佐山さん、私のことは、どうぞ『葵』と呼んでやってください」

「わかりました、葵さん」

もともとの友人である葵と秀二さんがこんな風に話しているのは、なんだかこそばゆさもありつつ心が和む。

人見知りせず、明るくにぎやかな葵は相変わらずだった。個性的で人としゃべるのが好きな葵は、「美容師は天職だ」とよく話していて、今も都内のサロンで働いているはずだ。

私はアイスティーを注文した葵の隣に腰かけて訊いた。

「この時間にここにいるってことは、今日はどこかに泊まるの？」

「そう、二泊三日の予定。……というか、実はあやめの部屋に泊めてもらえないかと思って来たんだけど」

「え？」

「どこかに部屋借りてるんでしょ？　部屋の端っこにでも寝かせてくれればいいし、ダメかな？」

秀二さんと思わず視線を交わした。

去年の夏、元カレの部屋を飛び出して館山に辿り着いた私はスマホを捨て、一時的に音信不通になっていた。その際に色々と心配してくれた葵には、サロンを辞めて今はこの店で働いている、ということだけ伝えてあった。私がここで夫婦設定で住み込みで働いていることまではさすがに教えていない。

「あ、もし都合が悪いなら遠慮するけど」

「そういうわけじゃ、ないんだけど……」

どうしよう。『本当の夫婦でないことは他言しない』ってルールもあるし……。

などと迷っていたら、店のドアが開いた。

「あ、いらっしゃいませ！」

ご近所の常連さん、米寿の富子さんだった。一人暮らしで、週に二、三のペースで《渚》に顔を出してくれる。

「お客さんが来てるときにごめんねぇ。食べ切れないからお裾分けに来たんだけど。お菓子、親戚にたくさんもらっちゃってさ」

「わざわざありがとうございます」

小柄で少々腰の曲がった富子さんは、「よいしょ」と声に出して茶菓子の袋をカウンターの上に置いた。それから、すぐそばの席に座っている葵を見てカラリと笑う。

「その髪、マンゴーみたいないい色だね！」

褒め言葉としては微妙だと思ったが、「でしょー？」と葵は笑い返した。

「おばあさんも綺麗な髪してるね。思い切って染めちゃえば？」

「考えとくよ！」

人見知りせず葵と言葉を交わした富子さんは、再び私に向き直る。

「来週、火曜日にまたお茶飲みに来るから。あ、この間食べさせてもらったスコーン、あるようだったら一つ取っておいてもらえる？　おいしかったね、あれ」

「本当ですか？　ありがとうございます！」

そして、富子さんはカウンターの秀二さんを見上げた。

「佐山さんも、奥さんがお料理上手でよかったね！」

カラカラ笑いながら富子さんは愉快そうに去っていき、店にはたちまち微妙な空気が落ちた。

……なんか、前にもこんなことがあったような。

ポカンとした顔で私と秀二さんを見比べ、やがて葵は呟くように口を開いた。

「『奥さん』って、まさか……あやめのこと？」

答えに詰まった私を見て、葵はすぐさま悲鳴を上げる。

「待って、それどういうこと？　ここでアルバイトしてるだけじゃなかったの⁉　結婚するときは私に友人代表挨拶させろって言ったのにっ！　――佐山さん、あやめのどこがよかったのか、参考までに聞かせてもらっても？」

「葵、ちょっと落ち着いて」

「落ち着けるかーっ」

叫んで頭を抱えてしまった葵におろおろしていると、秀二さんにつつかれた。

「説明して差し上げたらどうです？」

「でもルールが……」

「私としては、ご近所と私の親族にバレなければかまいません」

今さらどうしようもないけど、秀二さんの親族こそ騙《だま》したままでいい気がしない。

「もうすぐ閉店ですし、ここでお話ししたらいいですよ」

そうして秀二さんは私の分まで紅茶を淹れてくれ、その後は私たちの邪魔をしないようにか、カウンターのすみで片づけを始めた。

紅茶で気持ちを落ち着けつつ、館山に来てからのあれこれも踏まえ、私は事情をポツポツと説明していった。

私の話を聞くなり、葵はみるみるうちに困惑顔になって額に手を当ててしまう。

「ちょっと……頭こんがらがってきた。つまり、あやめはここで働いてて、かつ、ここで暮らしてる、と」

「そう。個室もあるし、シェアハウスみたいな感じ、かな」

「佐山さんと結婚したわけではない」

「そう」

「でも周囲には夫婦だと勘違いされてて、誤解を解かずそのまま夫婦のフリを続けることにした」

「そう……」

第三者にこんな風に改めてまとめられてしまうと、自分でもどうかと思わなくもない。

そして、葵のことだ。

「全然納得できない」

予想どおりの反応だった。

「私……あやめがここで働いてるっていうの、一時的なものだと思ってた。気持ちの整理つけるのに、ほかの仕事やってみるのも、まぁいいのかなって。でも今の話だと、そういうわけじゃないんだよね？」

「そう、だね」

「必死に勉強して、仕事だってがんばってやってきたのに……そういうの、全部なかったことにするの？」

「葵の言いたいことはわかるんだけど――って、葵？」

葵は憤然とカウンター席を立つと、そのまま秀二さんにつかつかと詰め寄って声を上げた。

「あやめのことなんだと思ってるんですか！」

茶器を拭いていた秀二さんはピタリと手を止め、葵はさらに強く睨みつける。

「付き合ってもない若い女を家に置いて働かせて、夫婦のフリってなんですか？　見たところ、佐山さんの方が歳はだいぶ上ですよね？　いい大人なら、今の状況がいかに非常識なのかわかりません？」

「それは――」

「あなたにとっては、店で働いてくれて家事もしてくれる、あやめの存在が都合いいのかもしれませんけど……あやめにだってあやめの人生があるんです！　あやめのこと、都合よく使わないでください!!」

葵はカウンターに叩きつけるようにお代を置くと、黙って店を出ていってしまった。

二人きりの店内に重たい沈黙が落ちる。秀二さんの反応を怖くて見ることができないまま、私は店を駆け出て葵を追いかけた。

春を迎えて日は延び、葵の髪色のような鮮やかな夕焼け空が広がっている。温《ぬる》い潮風に吹かれつつ店の前に出ると、キャリーケースを引きながら歩いている葵の背中を見つけた。片手でスマホをいじりながら歩いており、すぐに追いついて声をかける。

「私の部屋でよければ泊まってよ。客用の布団もあるし」

けど、葵はスマホから顔を上げず、足も止めてくれない。

「いい。駅前のビジネスホテル、予約するから。それに、あの人もいるんでしょ？　ちょっと無理」

「でも、駅まで距離あるし……」

「行きもここまでタクシーで来たから問題ない。また呼べばいい」

葵はようやく立ち止まって私を見据えた。まだ怒りが収まらないのか、強く唇を引き結んでから声を震わせる。

「もっと早く来ればよかった……。あやめがこんなことになってたのに、何も知らなかった自分がすっごい悔しい」

「それは私が話してなかったからだし……黙ってて、本当にごめん。それにね、私は今の生活がよくて――」

「そんなこと言うあやめにも、正直がっかりした」

私から顔を背け、再び歩きだそうとする葵の手首を掴む。

「葵、明日も館山にいるんだよね？」

「そのつもりだったけど……」

「明日はお店、お休みなの。ゴールデンウィークだからお休みが変則的になってて。観光スポットとか案内するしさ。久しぶりに、一緒に出かけない？」

葵は何か言いたげな顔をしたものの、渋々ながら待ち合わせの約束をしてくれた。海沿いの通りまで出て、「ここでいい」と去っていく葵を見送り、私は踵《きびす》を返《かえ》した。店に戻るついでに、外に出していた立て看板を回収してドアを開ける。

店はもうとっくに閉店時間を回っていて、秀二さんがやってくれたのか、片づけや掃除はひととおり終わっていた。が、当の秀二さんの姿はない。私は店の入口を施錠し、カウンターの奥から居住スペースに入って階段を上った。

葵が怒るのは想定内だったけど、まさかあんな風に秀二さんに喰ってかかるとは思わなかった。

ここにいると決めたのは私だし、ここにいたいと思っているのも私だ。秀二さんは居場所をなくして困っていた私に手を差し伸べてくれただけで、責められる所以《ゆえん》なんてないのに……。

何かが破裂するような鈍い音が階上から響き、思考が中断した。

衝撃で古民家がわずかに揺れた気がして、階段の半ばで足を止めて耳を澄ませる。

「……秀二さん？」

音はキッチンの方だった気がする。ガス爆発だったらこんなものじゃないだろうとは思いつつ、血の気が引いて階段を駆け上った。

「一体——」

プラスチックが溶けたような、不快な臭いに鼻を覆った。電子レンジが黒い煙を上げていて、煙を逃がしたいのか秀二さんがキッチンの窓を開けている。パッと見たところ秀二さんに大きな怪我などはなさそうでひとまずホッとし、私もリビングの窓を開けてから駆け寄った。

「何があったんですか？」

「何がって……電子レンジが煙を吐いたんです」

不服そうに説明する秀二さんをどかし、念のため鍋摑みをはめて電子レンジの扉を開けた。さらに吐き出された悪臭と煙に一歩下がり、やがて露わになった惨状にため息が漏れる。

「これはダメですよ……」

「ココアはダメだってことですか？　前にあなたも電子レンジで温めて——」

「ココアじゃなくて、カップの方。あれ、電子レンジ非対応ですよ」

割れたカップの破片が零《こぼ》れたココアの中に浮いていた。カップが弾《はじ》けた衝撃か、電子レンジの扉にもヒビが入っている。

「電子レンジ、買い換えないとダメそうですね」

「申し訳ありません」

あまりに素直に謝る秀二さんに不安を覚え、「片づけ手伝います」と言ったが手出し無用だと断られてしまう。けど私が喰い下がると、いつものようにジャンケンをすることになり、グーを出した私は呆気なく打ち負かされた。

「私のミスです。片づけくらい自分でさせてください」

秀二さんは雑巾を取ってきて、床に零れたココアを拭き始める。ジャンケンで負けたし仕方がない、私はその様子を一歩下がって見守った。

「珍しいですね。紅茶じゃなくて、ココアを飲もうなんて」

「甘いものが欲しかったので」

らしくないくらい歯切れの悪い返事で、焦った私はつい必要以上の明るさで返してしまう。

「た、たまにはココアもいいですよね！　電子レンジ、ちょっと古い型ですし。買い換えるいいタイミングだったんじゃないですか？」

「……かもしれませんね。明日、買ってきます。何か希望があったらあとで教えてください」

床を綺麗にし、立ち上がった秀二さんは使いものにならなくなった電子レンジを見つめて静かに息を吐き出した。

いつものクールな横顔、といえばそうだけど。

「あの……」

「電子レンジの件で罵りたいなら三十秒以内にどうぞ」

「違いますよ。──葵が言ったことなんですけど、気にしないでください」

その目がこっちを向いた。

「私は、自分の意思でここにいるんです。あ、葵と明日、会う約束もしたんですよ。そのときにちゃんと、話、してきますから。秀二さんが気にするようなことなんて、何もないです」

秀二さんは何を考えているのかわからない表情でこちらを見ていて。

「……気になんてしていません、何も」

やがて目を逸らした。

「それじゃ、行ってきますね！　新しい電子レンジ、楽しみにしてます！」

我ながらわざとらしいはしゃいだ声をかけ、翌日の午前十時過ぎ、私は自転車で《渚》を出た。

◇
◆
◇

うっすらと雲が広がってはいるものの、穏やかないい天気だ。太陽を反射する海面が眩しい。無心にペダルを漕いでいると、少し気持ちが凪《な》いできた。秀二さんも、サイクリングでもなんでもいい、ちょっとは身体を動かせば気分転換になるだろうに、そういうのは性に合わないと突っぱねる。

「気になんてしていません」などと口にしつつ、秀二さんが昨日の葵の言葉を気にしているのは明らかだった。

夕食時も言葉少なだったし、食後もすぐ自室に戻ることはしなかったけど、リビングで読んでいた本はほとんどページが進んでいなかった。

口ではあれこれ言うけれど、お人好しで面倒見がよくて、何より優しい人なのだ。あんな風に言われたら、私だって気にしないのはきっと難しい。

館山駅の西口ロータリーに到着した。駅舎に併設した観光協会の前に、目立つ髪色の葵がいるのを見つけ、自転車から降りて近づく。

「おはよう！」

「おはよう……」

昨日の今日で気まずいのか、いつものにぎやかさはない。「自転車で来たの？」と訊かれて頷く。

「車は運転できないし」

自転車を停め、観光協会で観光案内と市内の地図をもらい、受付で葵の分のレンタサイクルを申し込む。

「私も自転車に乗るの？」

「自転車、気持ちいいよ。それに、レンタサイクルなら電動自転車だし楽だよ」

「で、どこ行くの？」

「お城」

そうして私たちは自転車で出発した。東口の方に出て角を曲がり、あとは国道をひた走る。広い道ではないので私が先頭を走り、葵があとをついてくる形になった。

走ること二十分ほど、城山《しろやま》公園の第一駐車場に到着する。

「……山だね」

自転車を停めると、葵は城がある方角を仰ぎ見た。

館山市の観光スポットの代表格、館山城は城山公園の小高くなったところにあり、青々と生い茂った木々に囲まれ下からだとあまりその姿は見えない。

「じゃ、登ろうか」

細い上り坂を二人並んで歩いていく。坂は意外と傾斜があって、半分も登らず葵から「なんでこんなにハードなの？」と悲鳴が上がった。

「葵、体力落ちたんじゃない？」

「いっつも元気なあやめと比べないで」

「あ、それ秀二さんにもよく言われる」

秀二さんの名前を出すなり、葵はむっとして口を閉じる。けど、坂の途中で見えてきた孔雀園《くじゃくえん》で目を輝かせた。

「すごい！　大きい！　あ、こっち来る！」

金網の向こうで休んでいた孔雀はこちらに近づいてくると、見せびらかすようにその虹色の羽を開き、私と葵の気まずい空気を薄めてくれた。

休憩がてら孔雀を見てどうでもいいおしゃべりをし、私たちは再び上り坂を進み始める。

「私さー」

　おもむろに葵が口を開いた。

「黙ってられないんだよね。黙ってたいのに、我慢できなくて口が勝手に動いてしゃべっちゃう。だから喧嘩とかしてても、すぐになぁなぁになる」

「わかる。葵ってそうだよね」

「怒ってるんだよ？　私、本当に怒ってるんだよ!?」

「うん。私のために怒ってくれてるのもわかってるし、ありがたいって思ってるよ」

　坂を登り切ると最後は急な階段で口数が減り、ようやく開けた視界の先に、青々とした芝生の広場と白い城壁の館山城が現れた。

　館山城の中は曲亭《きょくてい》馬《ば》琴《きん》の『南総里見八犬伝』に関する資料を展示した博物館になっていて、入館料を払って入った。祝日ということもあり、観光客の姿も少なくない。

　展示を見ながら城を登り、最上階の望楼に出た。

「いい景色だけど、とりあえず疲れた」

　葵は手すりにもたれて笑い、私はその隣に立って町を見下ろした。

　望楼からは、館山湾を中心とした市街地を綺麗に一望できた。ここで暮らし始めてまだ一年も経っていない。知っている場所もあれば、まだまだ知らない場所もたくさんある。

そんなここが、今の私の居場所だ。

「私、葵とちゃんと話がしたくて」

そう切り出すと、葵も頷いてくれた。

「昨日は私もカッとしちゃったし、悪かったよ」

「私こそ、もっと葵に話し方、考えればよかったなって……。あのさ、葵はうちのお母さんのこと、知ってるでしょ？」

「うん。あやめがここにいるっていうのもお母さんに訊いたし。悪い人じゃないけど、まぁ自分勝手だよね」

女手一つで育ててくれたことに感謝はしつつも、自由奔放で男にふり回されては泣いてばかりで、我が親ながら如何《いかん》ともし難《がた》かった。昨年末に、四十五歳にしてようやくまともそうな人と結婚してくれ、私もひと安心といったところだ。

「お母さんのこと嫌いってわけじゃないんだけど。私、家にいるのがすごく嫌だったんだよね。小さい頃は、いつ帰ってくるかわからないお母さんを待つのにうんざりしてた。だからさっさと家を出たくて、それには手に職をつけるのが一番だって気持ちがすごくあって」

「そんなこと、前にも言ってたね」

　社会人になってから会う頻度は減ったけど、学生時代は葵とは色んな話をした。大学を卒業して会社員として働いてから、やっぱり美容師になりたいと専門学校に通い直した葵はカッコいい。意志が強くて、やりたいことがはっきりしてて、自分のことは自分で決めて。そういう部分を私は尊敬もしている。

「こんなこと言ったら怒られるかもしれないけど……私、それが目的だったから、仕事自体はなんでもよかったのかなって、今は思ってて。あ、でも今は今でちゃんと働いてるんだよ。それにその……一緒に暮らしてくれる人がいるのって、すごく救われるなって、思うことも多いし」

　葵は黙って話を聞いてくれた。それから、「もしかしてさ」と訊いてくる。

「シェアハウスみたいなものとか言ってたけど。結局、佐山さんのこと好きってこと？」

　にわかに頬が熱くなるのを感じつつ、首を縦にふった。

　すると、葵の顔はたちまち複雑なものに変わっていく。

「あのさ、あんまり人の恋愛ごとにあれこれ口出しするつもりはないんだけど。大川さんのことはどうするつもりなの？」

「え……え？」

大川、すなわち大川敦久、元カレの敦久さんのことだ。

けど、どうして葵の口から敦久さんの名前が？

葵に敦久さんの話をしたことはもちろんあったけど、直接紹介したり会わせたりしたことはなかった。名前を覚えられるような話でもしただろうかと疑問に思っていたら、説明してくれる。

「あやめが音信不通になったとき、大川さんと連絡先、交換したんだ」

そうだった。私が敦久さんがオーナーを務めるサロンを辞め、館山に辿り着いたことを葵は自力で突き止めていた。その過程で敦久さんと知り合っていてもおかしくないし、むしろ当然だ。

「どうするって言われても……。だって私、敦久さんのせいでここに来たんだよ？

どうするも何もないし」

「大川さんから、『喧嘩して飛び出したきり』って聞いたよ。心配そうだったから、あやめが館山にいることとか、あやめと連絡がついたあとに一応教えておいたんだけど」

「『喧嘩して飛び出したきり』、って……」

怒りを通り越して呆れてしまった。

私の帰りが遅くなると踏んで、一緒に暮らしていた部屋に女を連れ込んでいたくせに。

それを問い詰めようとした私に、「文句があるなら出てけ」と言ったくせに。

今では思い出すことすらなくなっていた記憶に、ふつふつと当時の怒りが蘇《よみがえ》る。思わず顔を伏せて黙っていると、「違うの？」と葵に訊かれて大きく首肯した。

「違うも何も……私、浮気現場に遭遇したんだよ？　敦久さんが部屋に連れ込んでた女と鉢合わせしたの！　そのくせ開き直って『文句があるなら出てけ』とか言われて、だから出てきたんだから！」

なのに、「喧嘩して飛び出したきり」？

と、そんな私の代わりに怒りを剝《む》き出《だ》しにしたのは葵だった。「信じらんない！」と拳をふり上げて吠《ほ》える。

「それなのにいけしゃあしゃあと……ごめん、あやめ。ほんっとうにごめん！」

「知らなかったならしょうがないよ」

敦久さんは自分に都合の悪いことを他人に話すような人じゃないし、私もあのときのことは思い出したくもなくて、葵には彼氏と別れて部屋を出たとしか説明していなかった。葵は何も悪くない。

「そんな奴、別れて正解だね。辛《つら》かったよね。そんなの、飛び出して当然だよ！　なんなのあの男⁉」

人間というのは不思議なもので、自分の代わりに誰かが怒ってくれると、それだけで気持ちが軽くなるし怒りメーターも下がる。地団駄を踏む勢いで憤り続けている葵に、「ありがとう」と礼を言った。

「だからもう、今は本当にどうでもいいというか……」

「そうだね。忘れた方がいいよ。――ごめん。私、何も知らなかったのに、昨日すごく余計なこと言った」

ようやく顔から怒りの色を消した葵は、今度は窺うように訊いてくる。

「あのさ、佐山さんはどうなの？　いい人なの？」

この質問には「うん」と即答できた。

「ちょっとした喧嘩くらいは年中だけどね」

それから、今日葵に伝えようと思っていたことを口にする。

「私、いたいからあそこにいるの。無理強いされたことなんてないよ」

葵はわずかに複雑な表情を浮かべたものの、すぐに表情を緩めて「そっか」と応えてくれた。

「あやめが決めたことなんだね？」

「うん。それに、秀二さんは私のこと、尊重してくれる。無理やり言うこと聞かせたり、強制したりなんてしない人だよ」

口ではあれこれ言いつつも、優しいしお人好しだし、何より私に対等に接してくれようとする。それがわかるから信じられる。

納得したように頷くと、葵はみるみるうちに表情を曇らせた。

「なのに私、佐山さんにもヒドいこと言ったよね。本当にごめん。許してもらえないかもしれないけど、謝っておいてもらえる？」

「もちろん。ありがとう」

「こっちこそなんか、色々ごめん……」

すっかりしょげてしまった葵の腕に、自分の腕を絡ませた。

「もう大丈夫だよ。ね、ランチ、食べに行くでしょ？　海鮮丼とかどう？」

その後はおすすめの食堂に葵を連れていき、土産物や地元の特産品を売っている渚の駅たてやまに寄った。葵が職場に買っていくお菓子を選んでいる一方で、私はジャムのコーナーを眺めた。五種類のジャムのお試しセットを発見してレジに並ぶ。

「買うの？」と後ろから葵に覗き込まれた。

「お店で試験的にスコーンを出してるんだけど、添えるジャムを迷ってるの。参考になればいいなって」

「色々、考えてるんだね」

少しお茶をして桟橋なども見て、館山駅に戻ってきたのは午後三時を回った頃だった。

時間的にはまだ早いと思ったが、葵は夕方に彼氏と電話をする約束があるとのことで、レンタサイクルを返却して早々に別れることになった。

「彼氏って、そういえば同棲《どうせい》してるんだっけ？」

昨年末、秀二さんと喧嘩して《渚》を飛び出したとき、葵の部屋に泊めてほしいと連絡したことがあった。その際、彼氏がいるから無理だと断られたのだ。

「そう。一緒に暮らし始めてもうすぐ一年かな」

「歳いくつ？」

「五つ上」

「美容師？」

「ううん、普通の会社員」

「へぇ、ちょっと意外。ゴールデンウィークならお休みだったんじゃないの？　一緒に来ればよかったのに。会ってみたかったなー」

「ま、そこは色々あって」

葵は笑ってごまかした。それから、話を逸らすように唐突にこんなことを言ってくる。

「ねぇねぇ、ジャンケンしない？」

「何、急に」

「いいからさ！」

よくわからないけどジャンケンをさせられ、私はグーで負かされた。

そしてグーの手を見つめている私を、なぜか葵は心底愉快そうに笑う。

「ほんっとうに安心した！　昨日はどうしちゃったのかと思ったけど、あやめってば、全然変わってない。うん、なんかすごーくホッとした！」

一方、私の方は笑われている意味がわからない。

「なんでジャンケンでそうなるの？」

葵が笑いながら理由を教えてくれ、思わぬ言葉にあ然とした。

「大人になっても気づかないことってあるよね」

などとそんな私をさらに笑うと、葵は急にまじめな顔になる。

「あやめが楽しいならそれが一番だよね。……私、ちょっと自分のことと重ねて苛ついてたのかも。本当にごめんね」

「自分のこと？」

「なんでもない！　あやめも、東京に来ることがあったら連絡してね！」

最後は私に投げキッスをし、葵は大きく手をふって去っていった。

◇◆◇

別れ際の葵の様子が気になりつつも、私は館山駅をあとにした。自転車のペダルを漕ぎながら、明日は何時の電車で帰るつもりかあとで葵に訊こうと決める。もし開店時間までに店に戻れそうなら、館山駅まで見送りに行きたい。

帰宅すると、裏口の三和土のすみに真新しい段ボール箱が畳まれていた。どうやら電子レンジを買ってきてくれたらしい。車もスクーターも駐車場にあったし、秀二さんは家にいるようだ。

二階への階段を上ろうとしたが、すぐ横にある納戸の方から音がした。買ってきたジャムやバッグを階段に置いて覗いてみる。

「秀二さん？」

橙色の豆電球がともる三畳ほどの納戸の奥に、秀二さんがいた。

「何やってるんですか？」

「脚立を出したくて。二階の廊下の蛍光灯が切れました」

納戸には工具箱などがしまってあるスチールラック、脚立や梯子《はしご》があるほか、何が入っているのかよくわからない段ボール箱が山積みになっていた。秀二さんの私物ばかりなので、私はここにはあまり入ったことがない。

ただでさえ狭い納戸の入口近くは段ボール箱が積み上がっていて、内開きのドアも半分しか開かない状態だ。脚立もスチールラックと段ボール箱に引っかかって、うまく出せずにいる。

「段ボール箱、いくつか外に出した方がよくないですか？　手伝いますよ？」

半開きのドアから覗いて声をかける。

「問題ありません。手伝いは不要です」

突き放すような口調で返されてカチンと来てしまい、「わかりました」と応えつつ、近くの段ボール箱の山の一番上に手を伸ばす。

「……あやめさん、返事とやっていることが違うと思うのですが？」

「そうですか？」

自分の目線と同じ高さにある段ボール箱に両手をかけた。

「余計なことはしないでください」

「私がやりたいからやってるんですっ」

脚立から手を離してこちらにやって来る秀二さんを無視し、段ボール箱を引っぱると予想外の重さに身体のバランスを崩した。

あっと思った直後、こちらに手を伸ばした秀二さんが段ボール箱を支えてくれる。

「だからやめろと言ったんです」

「すみません……これ、ずいぶん重たいですね。何が入ってるんですか？」

「本です。頭の上に落ちたらどうするんですか」

「ごめんなさい」

結局、余計なことをしただけだった。私はいつだってそうなのだ。

内心へコみつつ、大人しく夕食の準備でもしようと回れ右をすると、靴下の足が滑った。

声を上げる間もなく後ろ向きに身体が傾き、秀二さんがこちらに手を伸ばし、そして視界のすみで山の上にある段ボール箱が浮いたのを見た。

背中に軽い衝撃があり、直後、建物が揺れるような大きな音がして思わず目をつむった。

「――大丈夫ですか？」

そっと目蓋を開くと、吐息がかかりそうな距離で秀二さんに見下ろされていて心臓が跳ねる。

しばしその顔を見つめてから、ヒドい痛みなどはないのを確認した。

「多分……」

半開きだった納戸のドアが閉まっており、私はそこに上半身をもたせかけるような姿勢で座り込んでいた。足を滑らせてドアにぶつかり、閉めてしまったらしい。一方、秀二さんはそんな私を壁際に追いつめるように両手をつき、床に膝をついている。

逸《はや》る鼓動を抑えつつ視線を動かすと、私たちの周囲にはひと目では数え切れないほどの文庫本があった。ドアに手をついている秀二さんの肩にも開いた本が載っている。目をやると、秀二さんの向こうには蓋が開いた段ボール箱。

どうやら、足を滑らせた私を秀二さんが助けようとし、山の上にあった段ボール箱が落下したらしい。降り注ぐ本からも庇《かば》ってくれたようだ。

「秀二さんこそ大丈夫ですか？」

「まぁ、なんとか」とずれたメガネのツルに触れている。

「なんかその、色々と申し訳ございません……」

「だから手伝いは不要だと言ったんです」

秀二さんは肩に載っていた本をどかし、パンツの膝をはたいて立ち上がると私の手を引いた。それに摑まって立ち上がり足下を見ると、大量の本で足の踏み場もない感じになっている。

「本、すごい量ですね。もしかして、ほかの段ボール箱も全部？」

「……当初の予定では、二階の空き部屋は書庫になる予定だったんです」

「二階の空き部屋？」

それが何を意味するのか、数秒考えてから理解した。

「私の部屋のことですか？」

「本棚を買う前にあなたが住み着いたので、本はここに置いたままになっていたんです。……もっとも、読み返すこともないですし、今となってはさっさと売ってしまえばよかったという感じです」

秀二さんはその場にしゃがむと、転がっていた段ボール箱を起こして散らばった本を詰め始めた。

「それはその、なんというか……」

色んな意味の申し訳なさで小さくなっていたら、こちらを見上げたその顔がふっと緩む。

「別に、書庫に未練はありませんよ。結果的に、あなたがいてよかったこともありますから」

なんでもないことのようにそう言われ、抑えようもなく頬が熱くなる。なのにこの人はいつもどおり飄々《ひょうひょう》としていて、相変わらずわざとなのか何も考えていないのかわからない。

「あの……手伝います！　というか、本は私が片づけます！」

「手、切れてますよ」

指摘されて気がついた。転んだときにどこかで擦《す》ったのか、左の手の甲に血が滲んでいる。

「まったく痛くないし平気です！　あ、でも本を汚しちゃダメですよね。絆創膏《ばんそうこう》貼ってすぐ戻ってきます！」

「いいですよ、これくらい」

「いえ、私のせいなので！」

秀二さんに背を向け、納戸のドアノブに手をかけた――ところ。

「あれ？」

何かに引っかかるような感触があるも、ドアノブが回らない。

「どうかしましたか？」

「それがその……」

もしかして、私がぶつかった衝撃でドアが歪んだ……？

ふり返って納戸の奥を見るが、壁の高いところに小さな窓が一つあるだけでほかに出入口はない。

……まずい。これは、非常にまずい。

「な、なんでもないです！」

力尽くでドアノブを回すと、ガコッという音を立ててドアから外れた。そしてなぜか、唯一の光源であった豆電球まで消えた。

納戸のドアは、叩いても揺すってもピクリともしなかった。

「あの、蹴ってみてもいいですか？」

「やめてください。あなたが蹴破れるような厚さのドアではありません。足を傷めるのがオチです」

ドアにぶつかったときに近くの配線が切れたのか、豆電球も消えて納戸の中は薄暗い。なのに、段ボール箱に座って頬杖をついた秀二さんが冷めた目でこっちを見ているのだけはわかった。

納戸に閉じ込められ、打てる手は打ち尽くし、どれくらい時間が経ったかわからない。小さな窓越しに見える空にはまだ夜の帳が下り切っていないが、まっ暗になるのも時間の問題だ。

「せめてスマホがあれば誰かに連絡できるのに……」

スマホの入ったバッグは階段に置いてきてしまった。秀二さんの二つ折りの携帯電話も二階にあるという。

「ｉｆを並べても仕方ないでしょう。どうしようもできないんですから、じたばたするだけ体力の無駄です」

「そんなこと言っても。窓から叫んでもダメですかね？」

「林に面してますからね。裏口に誰かが来てくれれば声が届くでしょうし、それまでは大人しくしているしかありません」

「裏口って……宅配便でも来なかったら、明日の朝、小村さんがパンを届けに来てくれるまで待つってことですよ？」

「小さな脳みそなのに、よくわかっているじゃないですか」

褒められたのに、絶望のあまり座り込んで膝を抱える。

「申し訳ございません……」

「謝罪は聞き飽きたので結構です」

「私の部屋を書庫にしておけば、秀二さんをこんな目に遭わせることもなかったのに……」

ネガティブの波に呑まれていたら、秀二さんはもう何度目かわからない大きなため息のあとに口を開いた。

「暇潰しに、話でもしましょうか？　ちょうど、あなたと話しておきたいことがあったんです」

その声音がさっきまでの冷めたものからわずかに変わったことに気がつき、急に不安が首をもたげた。日が暮れかけた納戸はますます暗く、顔を上げるも逆光で秀二さんの表情はやはりわからない。

「話しておきたいこと?」

葵のことかと思ったけど、答えは違っていた。

「ルールについて」

息を詰めて言葉の続きを待った。やがてじれったいほどの間のあと、秀二さんは静かに口を開く。

「『どちらか一方の申し出により、いつでも関係を解消できる』というルールについて、確認しておこうかと」

四つのルールは、私にここで働かないかと秀二さんが提案してくれたその日の晩に、二人で話し合って決めた。

『どちらか一方の申し出により、いつでも関係を解消できる』という四つ目のルールは、この関係は強制力があるものではないということを明示するためにある。秀二さんが考えたもので、それには私も同意している。

館山城で、葵に言ったとおりなのだ。無理強いではなく、私は私の意思でここにいる。

「そのルールが、どうかしたんですか?」

「確認をしたいだけです。ルールにあるとおり、私は強制はしませんし、止めもしません。もしほかにやりたいことがあるなら、決定権はあなた自身にあるということを覚えておいていただきたいなと」

その言葉を理解するなり、体中の血が下がっていくような思いがしてゆっくり立ち上がった。

「待ってください……なんですか、それ。葵が言ってたことなら、気にしないでくださいって言ったじゃないですか！　今日も葵と話をして……ちょっとした誤解もあったんです。葵も、昨日のことは秀二さんに謝っておいてくれって言ってました。なんでそんなこと――」

「確認したかっただけです。ムキにならないでください」

「だって――私はここにいたいんです！　何度言ったらわかるんですか？　それとも……それとも、やっぱり出てけってことですか？」

「そんなことは言ってないでしょう。そちらこそ、何度言えばわかるんですか」

強い口調ですぐさま否定され、私は少し落ち着きを取り戻した。小さく深呼吸し、へたり込むように再び座り込む。

「すみません」

「出ていってほしいと言っているわけではありません、可能性の話です。もしそういう風に考えることがあれば、無用な遠慮はしなくていいということです」

「……ifを並べても仕方ないって言ったの、秀二さんですよ」

「それとこれとは別の話でしょう」

私はもう返す言葉がなく、秀二さんの方も言いたいことはそれですべてだったらしい、気まずさの混じる沈黙が落ちた。

出ていけと言われたわけじゃない。

ｉｆ。可能性の話。もしそういう風に考えることがあれば。

なのにどうしようもなく感じてしまう寂しさに、目の奥が堪えようもなく熱くなる。

そのときが来たら引き留めることはしない、そういうルールになっているのだと、秀二さんは私に念を押したのだ。

思い返してみれば、去年の十二月、私が《渚》を飛び出して母のマンションに行ったときもそうだった。秀二さんはわざわざ迎えに来てくれたし、結果的にそのときは一緒にここに帰ってきたけど、最初にこうも言った。

――あなたがご実家に戻られたのは、『どちらか一方の申し出により、いつでも関係を解消できる』というルールに従ったからですか？　であれば、仕方がないので私はこのまま帰ります。

ルールがあれば安心だと思っていた。ルールがあれば、私には居場所が保証されるのだと思っていた。

けど、本当はそうじゃない。

少なくともこの四つ目のルールは、私と秀二さんを縛りつけないようにするために存在している。

秀二さんは最初からそう言っていた。私だって、それを理解していたつもりだった。なのに実際のところ、私はそれを本当の意味では何も理解していなかった。

私は秀二さんとの今の生活が好きだし、できることなら手放したくない。

けど秀二さんにとって私とのこの生活は、いつでも手放せるものでしかない。

そして私にとってもこの生活は、秀二さんがもしそう望むなら、嫌でも手放さなくてはならないものでもある。

二人で決めた四つ目のルールは、つまりはそういうものなのだ。

「……秀二さん」

我ながら小さな声だったけど、すぐに「なんです？」と返ってきた。

「ジャンケンしませんか？」

「なぜ？」

窺うような間があり、私は首を横にふった。

「やっぱりいいです」

口を開けば余計なことを言ってしまいそうで、膝を抱えて壁に寄りかかる。

空気はますます重たくなり、時間だけが刻々と過ぎていく。空はすっかり夜の色で、納戸の中はすでにまっ暗に近い。

しばらくして、私はどこまでも落ちていきそうな思考を断ち切るように立ち上がった。納戸の奥、窓のそばにいる秀二さんの方へ向かう。じっとしているよりは、無駄でも何かしている方がマシに思えた。

「どうかしましたか？」

「窓、見てみてもいいですか？　ちゃんと見てなかったんで」

脚立を使わせてもらい、窓から頭を出してみるも見えるのは木々ばかり。それから私は首を引っ込め、窓枠のサイズを確認した。秀二さんの肩幅では難しそうだけど、私なら身体を小さくすれば通れるかもしれない。

「私、脱出してみます」

「は？」

窓枠に手をかけ、片腕を外に出したところで背後から腰を掴まれた。

「何バカなことやってるんですか」

「バカじゃないですよ！　このまま本当にここでひと晩明かすつもりなんですか？　お腹も空くし、その……トイレとかどうするんですか！」

「古い瓶とかバケツとかでなんとかすればいいでしょう！」

「そ、そんなの普通に無理ですっ！」

「この高さで顔面から着地するよりマシでしょう！」

必死の抵抗も空しく、中に引き戻されて秀二さんもろとも床の上に仰向けに倒れた。

秀二さんの上に倒れてしまい、慌てて上体を起こす。

「すみません、大丈夫ですか⁉」

「えぇ……頼むから、大人しくしていてください」

「でも、いけそうでしたよ！　チャレンジあるのみです！」

そう立ち上がろうとするも、背後から両腕でホールドされて止められた。

「大人しくしていろと言っているのがなんでわからないんですか、この鳥頭は！」

抵抗したらさらに腕で締めつけられ、気づけば背後から強く抱きしめられるような体勢になっていて別の意味でギブアップする。

「秀二さん、ギブです！　わかったんで離してください！　ギブアップ！」

回された腕を叩くも、「ダメです」なんて耳元で言われてしまって悲鳴が出かける。

「もうバカな真似はしないと誓いなさい」

「誓います……誓いますから！」

ようやく解放してもらえたときには息も絶え絶えになっていた。脱力してしゃがみ込んだ私を冷たく見下ろし、立ち上がった秀二さんは吐き捨てる。

「少しは鳥頭を反省なさい」

けど、これには震える両手で床を叩いて抗議した。

「あ、あんなハグ反則ですっ……！」

「ハグ？」

数秒の間のあと、たちまち動揺した気配が伝わってきて秀二さんが悲痛な声を上げた。

「何言ってるんですか、ちょっと待ってください！」

「それはこっちの台詞です！」

「あの状況でそんな意図があったわけないでしょう！　暴れる珍獣を押さえ込んでいただけです！」

「そういうところですよ！　秀二さんのそういうところ！　人の気も知らないでいつもいつも……理不尽ですっ！」

文句を言ってはみたものの、私の気持ちなんて多分まったく伝わってない。いつだってこの人は、無自覚の塊なのだ。

秀二さんのちょっとした言動や行動一つがどれだけ私に影響を与えるのか、どうしたらわかってもらえるんだろう。

もっと知ってほしい。

もっと意識してほしい。

簡単に手放せるだなんて思わないでほしい。

私はこんなに好きなのに。

「私……」

気がつけば、痛いほどに心臓が鳴っていた。

「……なんです？」

理不尽と言われたからか、秀二さんはやや身がまえたように訊いてくる。

納戸の中で暗いしムードなんて微塵《みじん》もない。

けど、気持ちを伝えるなら今しかないと思った。

もう言わずになんていられない。

「私、ずっと――」

決死の覚悟で臨んだ私の告白は、鳴り響いた裏口の呼び鈴に遮られた。

私たちを助けてくれたのは、まさかの葵だった。

裏口の鍵をかけていなかったことが幸いした。私が納戸の窓から声をかけて説明すると、葵は家の中に入って納戸のドアに体当たりして開けてくれた。内開きのドアだったので、外からの衝撃には弱かったようだ。

「災難だったねー」

ドアを開けてくれた葵が女神に見えた。

そんな葵は、ようやく外に出られた私たちを見て無邪気に訊いてくる。

「なんか、二人とも顔赤くない？　暑かったの？」

葵の指摘に秀二さんは顔を背け、私は小さく首を横にふった。

「あやめにメッセ送って電話もかけたんだけど、繋がらなくてさ。お店の番号にかけても出ないし、何かあったのかと思って来てみてよかったよ」

さすが、私が館山にいることを突き止めただけのことはある。葵の行動力に救われた。

「何か用だったの？」

「どっちかというと、佐山さんに用だったんだけど……」

葵は秀二さんの方に向き直るなり気をつけの姿勢になって、勢いよく頭を下げた。

「あやめからもう聞いたかもしれませんが。昨日は、何も知らなかったのに失礼なことを言って、本当に申し訳ありませんでしたっ！」

秀二さんは少しポカンとしてから、「頭を上げてください」と言った。

「助けていただきましたし、そんな風に謝ることはありませんよ。あやめさんからも聞きました」

「でもやっぱり、こういうのはちゃんと面と向かって謝った方がいいと思いました。──私のことを悪く思われるのは、別にかまわないんですけど。あやめがお世話になってる人に、あやめにはろくな友だちがいないって思われるのは、やっぱり嫌なので」

思わず目頭が熱くなる。葵のこういうところが好きだ。

「ありがとう、葵」

時刻は午後六時半を回っていた。葵はこのあと特に予定もないというので、助けてもらったお礼も兼ねて、うちで夕ご飯を食べていってもらうことにした。

二階に通し、ゆっくりしててと言ったものの、落ち着かないからと葵は私を手伝ってくれる。美沙さんからもらったじゃがいもがあったので、簡単だけど肉じゃがにすることにした。

玉葱《たまねぎ》の皮を剝きながら、葵は真新しい電子レンジを感心したように観察する。

「これ、スチーム機能がついてる奴だよね？　いいなー。使い勝手いい？」

「私もまだ使ってないからなんとも」

そして、今度はこちらから「彼氏に電話はしたの？」と訊いた。

「まぁ。結論は出なかったけど……」

結論、というのがなんのことかは訊けなかった。何か揉めてるんだろうか……。

一時間ほどでご飯も炊け、肉じゃがと味噌汁、豆苗の胡麻《ごま》和《あ》えを出した。葵に「料理できるんだね」と感心され、「お母さんが作らなかったから」と応える。

「誰かが用意してくれるのを待つよりは、自分で作る方が早いでしょ」

「あやめって、昔からそういうところは強いよね」

「強いわけじゃないけど……自分で選んで決めるしかなかったというか。でも、今はそれでよかったと思ってるよ」

食事中は私と葵の会話ばかりで、秀二さんは澄ました顔で黙々と箸を動かしていた。

秀二さんの綺麗な食べ方には葵も気づいたようで、食器洗いをしていたら「佐山さんって育ちがよさそう」と耳打ちされた。

一方、秀二さんは食後の紅茶を用意してくれていて、やかんを火にかけるとおもむろに訊いてくる。

「これ、開けてもかまいませんか？」

秀二さんが私に指差したのは、今日買ったジャムのお試しセットだ。

「かまいませんけど、なんに使うんですか？」

「もちろん、紅茶です」

秀二さんは小鉢に五種類のジャムを少しずつあけ、人数分のスプーンと紅茶を用意した。三人でそれらを囲むと、おもむろに説明を始める。

「ジャム、味比べをしようと思って買ってきたのですよね？」

「そうです。スコーンや紅茶に合うのがないかと思って」

「ならよかったです。前に、ジャムを舐めながら紅茶を味わう飲み方もあると話したでしょう？　ロシアンティーといって、ロシアの伝統的な飲み方になります。日本ではロシアンティーというと、紅茶に砂糖代わりにジャムを直接入れて飲む方法を指すこともあるのですが。せっかく五種類もあるんです、味比べをしながら飲みましょう」

こうして、三人でジャムをつつきながらのティータイムになった。ジャムは、ストロベリー、ブルーベリー、オレンジ、びわ、いちじくの五種類。それぞれ色が異なり、並んだ小鉢は絵の具のパレットのよう。

「びわのジャムなんて珍しいね」と葵が最初にスプーンですくった。

「びわは館山の名産なんだよ」

「そうなんだ。観光客的には、こういうのがあると嬉しいね」

秀二さんはまっ赤《か》なジャム、ストロベリーを選ぶ。

「定番ならストロベリーですね。スコーンにも合いますし」

ストロベリーといえばで私は思い出した。

「この辺、いちご狩りのスポットも多いですよね。そういうところでジャムの販売はしてないんでしょうか？」

「調べてみるのもいいかもしれませんね」

私はオレンジのジャムをすくって舐めた。ジャムを舌先に載せて紅茶を含むと、すぐに口の中で解れてふわりと広がる。紅茶は香りの強い茶葉だったが、すっきりしたマイルドな味わいで甘いジャムによく合う。

「これ、茶葉はディンブラですか？」

私の質問に秀二さんが目を丸くした。

「よくわかりましたね」

「お店のメニューにありますし、一応……。香りが強いし、ヌワラエリアと同じハイグロウンティーかなと思って。色的にウバか迷いましたけど」

黙って私たちを見ている葵に、秀二さんは説明する。

「これは、ディンブラというスリランカの紅茶になります。今の時期がシーズンですね。適度な渋みもあって、甘いものにもよく合います。ロシアンティーなので、少し濃いめに淹れていますが」

「なんか……すごいですね」

感心し切った顔の葵に、「秀二さんの蘊蓄はこんなもんじゃないよ」と言い添えると首を横にふった。

「蘊蓄もそうだけど。あやめが、ちゃんと話についていけてるのがすごい」

きょとんとした私に、葵は柔らかく笑む。

「あやめが、今はここでちゃんと仕事してるんだなってわかった。今はこのお店のこと考えてて、本当に好きなんだなって。私、昨日は本当に余計なこと言っちゃったんだなって恥ずかしいよ」

「わ、私なんて秀二さんの足下にも及ばないし、そんなこと……」

葵はびわのジャムをスプーンですくい、口に運ぶとポツリと漏らした。

「あやめは私とは違うね」

急に陰りを見せたその横顔に、駅で別れたときのことを思い出す。

「何かあったの？」

カップに口をつけ、しばし紅茶を味わったあと、葵はようやく切り出した。

「私、美容師の仕事、好きなんだ。だから、あやめみたいには切り替えられないって思った」

葵が話してくれたのは、同棲を始めてもうすぐ一年になるという五つ年上の彼氏のことだった。

「一緒に暮らそうって決めたときさ。一応、結婚を前提にって話だったんだよ」

好きな仕事もあって、彼も仕事には理解があった。関係は極めて良好。

だけど先月、彼に転勤の話が持ち上がった。

「一緒に行くかどうかは自分で決めてくれって言われた。……日本のどこかだったら、迷わずついてくよ。仕事だって続けられるだろうし。けどまさか、行き先が中国だなんて思わなくてさ」

結論も出せず、口論ばかりが増えてしまい、彼とは少し離れたところで考えようと思ったのもあって休みを利用してここに来た。

「いっそ、『俺と来い』くらい言ってくれればって思うんだけどね。そういうわけにもいかないし」

「美容師、中国だと続けるのは難しい？」

「続けようと思えば方法はなくはないみたい。でも、言葉の壁もあるし、手続きとかも色々必要みたいでさ。簡単にはいかないよね」

「そっか……」

葵が今の仕事を心の底から愛しているのは知っている。一度会社員になってから、それでも諦められずに学校に入り直したくらいだ。私とはそもそもの覚悟が違う。

「返事、もうすぐ期限なの？」

「期限どころか、実はもうだいぶ待ってもらってて。それもあって今日も電話してたんだ。正直、もうアウトになりかけてる」

ハハッと軽く笑って、葵はスプーンを手の中でくるりと回す。

「でも、あやめと話してちょっとすっきりしたよ。後悔しないように、自分で決めるしかないんだなって思った」

うまい言葉が見つからない。

偉そうなことを散々言っておいて、気づいてしまった。

私がここにいたいと思えているのは、運と巡り合わせがよかったからにほかならない。

たまたまここに辿り着き、出会ったのが秀二さんだったから選べた。ただそれだけのことだ。

「――一度何かを決めたからといって、それで一生が決まるわけではありませんよ」

すると、予想外に口を開いたのは秀二さんだった。

「私も、この店を開くまでには二転三転しています」

「そうなんですか？」

そういえば、秀二さんも最初は親に敷かれたレールに従っていたと言っていた。それに疑問を持つようになり、自分で店を持とうと決めたとも。

だからかもしれない。秀二さんが、自分の道は自分で決めるということを大事にするのは。

「何を選ぶかは確かに自分次第です。けど、結局なるようにしかなりませんし、何を選んだら後悔しないか、なんてことは誰にもわかりません」

秀二さんはびわジャムの小鉢に手を伸ばした。気に入ったのか、葵がびわジャムばかりをすくっていたので、もう残りわずかになっている。

「ただ、そのタイミングでしか選べない選択肢というものもあります。これはあくまで私個人の考え方ですが、場合によってはそういうものは考慮してもいいかもしれない、とも思います。選ぶのが難しいことに変わりはありませんけどね」

そして秀二さんは、手にした小鉢を葵の前に置いた。

「最後のひと匙《さじ》はどうぞ」

駅まで送るという秀二さんの申し出を固辞した葵は、店の外に出て到着したタクシーに早々に乗り込んだ。

「明日、本当に来るの？」

「うん。またしばらく会えないかもしれないし」

葵が明日の午前八時台の電車で帰るというので、駅まで見送りに行くことに決めたのだった。

「わかった。佐山さんにも、お礼伝えておいて」

去っていくタクシーを見送ってそそくさと家の中に戻ると、秀二さんが納戸の前に立っていた。

「葵さん、帰られましたか？」

「はい。秀二さんにお礼言ってました」

秀二さんは外れたドアノブを手の中で転がし、「いっそドアをなくしますか」と呟いてから私を見た。

「あなたにしては、まともそうなご友人で何よりです」

「ですよね？」

ふふっと笑うと、けど秀二さんはつけ加えることを忘れない。

「あなたと気質も似ているようで、『類は友を呼ぶ』という言葉を目の当たりにした気分です」

「そうですか？　葵って、やることだいぶ極端だと思うんですけど」

「葵さんも、あなたに対して同じことを思っていると思いますよ」

ドアノブを手にしたまま階段を上っていく秀二さんのあとを追いかける。

「秀二さん、」

「なんです？」

「私、自分で決めてここにいるんですからね」

階段半ばの踊り場で足を止め、秀二さんはこちらをふり向いた。

「何度も言われずともわかっています」

「ならいいです」

秀二さんは肩をすくめて前を向きかけたが、何かを思い出した顔になって再びこちらを見た。

「そういえば、葵さんがやって来る直前、納戸で何か言いかけていませんでしたか?」

「あー……」

いっそ告白しようと思い切ったところで、葵の助けが入ったんだった。

まじまじと秀二さんの顔を見つめた。気持ちが変わったわけじゃない。言えるものなら今すぐにでも気持ちを伝えてしまいたいとも思う。でも少なくとも今がそのタイミングだとは思えず、「なんでもないです」と答えるに留《とど》めた。

「そうですか」

階段を上っていく秀二さんに遅れないようについていく。その背中は、手を伸ばせばいつでも届く距離にある。

◇◆◇

開店準備を早めに終わらせて葵の見送りに行こうと、翌朝はいつもより少し早く起きた。けど、朝食の支度をしていた秀二さんに「今日は臨時休業にします」と突然告げられた。

「何かあったんですか？」

「茶葉の輸入業者が倒産したんです」

倒産、という不穏な響きに固まっていたら、「大丈夫ですよ」と気遣うように補足してくれる。

「うちの営業も難しくなるとか、そういう話ではありません。取引している業者自体はほかにもいくつかありますので。ただ、少々打ち合わせが必要になったので都内に行くことになりました」

「そう……ですか」

《渚》が閉店する、という最悪のシナリオを想定しかけ、脈が上がりかけてしまった。朝から肝が冷える思いだ。

「なので、私も駅に行きます。帰りの足に困らないようであれば、一緒に車に乗っていきますか？」

「それなら、よろしくお願いします」

秀二さんはいつもと変わらず飄々としていて、事態がどれくらい深刻なのかは窺えなかった。こんなときに友だちの見送りなんて気が引けると思っていたら、見透かされたように「葵さんによろしくお伝えください」と言われる。

「都内に行くってことは、泊まりですか？」

「いえ、目下は日帰りのつもりです。場合によっては一泊してくるかもしれませんが、そのときは適宜連絡します」

「わかりました。私にできることがあれば、遠慮なく言ってくださいね」

「ありがとうございます、助かります」

そうして秀二さんの車で駅に向かった。葵が乗る予定の一本前の列車で秀二さんは去っていき、私は館山駅二階の待合スペースで葵を待つ。改札前、線路を見下ろせる大きなガラス窓の前の一角には待合用のベンチが並んでいて、壁には「館山駅オレンジロード」というプレートがある。祝日だし、ぽつぽつと往来する人の流れをぼんやりと眺めた。

「おはよう！　ごめん、待たせちゃった？」

キャリーケースを転がしながら葵が現れたのは、私がここに着いてから十分ほど経ってからだった。

「全然。秀二さんも都内に行く用事があって、駅まで一緒に来たんだ」

「もしかして私と同じ電車？」

「ううん、一本前。もう行っちゃった」

葵はベンチの私の隣に腰かけ、足の間にキャリーケースを挟んだ。

「見送り、ありがとね」

「私が来たかっただけだし」

「でも、来てくれてよかったかも。あやめに話したいことあってさ」

葵ははにかむような笑みを浮かべ、明るい色の髪に触れた。

「私、彼と一緒に中国、行ってみようかと思って」

その宣言に一瞬言葉を失い、けどすぐに「おめでとう！」と葵の手を取った。

「なんでおめでとうなの？」

「え、だってそれって結婚するってことじゃないの？」

葵は少しポカンとしてから、「そう、かも？」と呟いて頬を赤く染めた。

「昨日、ホテルに戻ってから彼に電話してさ、一緒に中国に行って、向こうでも仕事を続けるって宣言しただけだったから……そっか。そうなるの、かも？」

すごく葵らしい。

「昨日、あやめと佐山さんと話せてよかった。あやめが自分で選んだ場所でちゃんと色々考えて、がんばってるんだなっていうの、すごくよくわかった。それに、佐山さんの話も考えさせられたし参考になった。佐山さんも今のお店を持つまで色々あったんだっていう話聞いて、ちょっと勇気わいたっていうか」

そして、葵は前を向いてまとめるように言った。

「後悔するかどうかはわからないけど、それでも自分で精いっぱい考えて選択して、がんばっていけばいいのかなって思えたの。あやめに会いにきてよかったよ」

「私も、葵が来てくれて嬉しかったよ」

笑みを交わし、一昨日と同じようにハグし合う。

「式挙げるようだったら、いつでも友人代表挨拶引き受けるから言ってね！」

「あやめこそ、さっさと佐山さんとくっついちゃいなよ。佐山さんがいい人だっていうのはわかったけどさ。あんな感じで一緒に暮らしてるのに付き合ってないとか、マジで意味わかんないし不健全だと思う」

「そこは……そのうちがんばる」

「まぁでも、距離が近すぎると言えないこともあるよね。わかるわかる」

葵は軽く笑うと、バッグに入れていたスマホを取り出した。通知ランプが光っている。

「電話？」

「ううん、なんかメッセ……」

画面をタップし、見る間に表情を曇らせた。

「どうかした？」

「その……ごめん、私、本当に余計なことしちゃったかも」

スマホと私の間で視線を彷徨《さまよ》わせ、やがて葵は言い難そうに口を開いた。

「一昨日、私、佐山さんにすごく腹が立っちゃって……その勢いで、『あやめが変な男の人のところで暮らしてる』って感じのメッセ、大川さんに送っちゃったんだよね」

ギョッとして身体を強ばらせた私に、「ごめんっ！」と葵は両手を合わせる。

「自分のこともあって、大川さんのことフォローするのすっかり忘れてた。……大川さんから今届いたメッセ、見る？」

「あんまり見たくない……」

「だよねー……なんか『今から館山に迎えにいく』って言ってるんだけど。これ、まずいよね？」

館山に残って敦久さんを一緒に迎え撃つと言ってくれた葵を、無理やり改札の向こうに押しやって見送った。葵にここにいてほしい気持ちはもちろんあったけど、明日から仕事だろうし、きっと彼も待っている。葵はさっさと帰った方がいい。

そして、駅に一人残された私は途方に暮れた。

敦久さんが、ここに来る。

しかも最悪なことに、今日に限って秀二さんもいない。

待合用のベンチに腰かけ、必死に頭を働かせた。

なんとしても避けたいのは、敦久さんと顔を合わせることだ。

敦久さんは物言いが何かと高圧的で強引で、つい丸め込まれてしまうことも多く、私の方が年下だということもあり反抗できた試しがない。浮気現場に遭遇したときだって、だからこそ「出てけ」と言われて何も言わずに出てきたのだ。何を言っても無駄だし、聞いてもらえないのがわかっていたから。

もう半年以上も会っていない。一切の連絡も断《た》ったし、あの状況で飛び出した。常識的に考えれば、今さら復縁も何もないだろう。とは思いつつ、彼を中心に回る世界ではそのことがどう捉えられているのかわからなかった。現に、『今から館山に迎えにいく』と葵に伝えてきたのだ。彼の中で、私はまだ変わらないポジションにい続けているのかもしれない。そのことに、にわかに恐怖にも似た感情がわき起こる。

……逃げよう。

少し前に『今から』と連絡してきたということは、どんなに早くてもあと数時間は猶予がある。秀二さんが今日中に戻ってこないときのことを考え、一泊分の荷物を取りに戻って家を空けることに決めた。敦久さんはきっと店に現れる。それなら、留守にしていればいい。どうせ今日は臨時休業なのだ。

バスで《渚》に戻り、手早く荷物をまとめて再びバスで駅の方に戻る。午前中でまだ時間も早く、人通りはほとんどない。図書館にでも行こうと思ったが休館日、仕方ないので駅の近くのカフェに入った。

窓から離れた奥の席に座ってようやくひと息つき、最初はレシピ本を開いてスコーンのことなどを考えようとしたけど集中できなくてやめた。秀二さんから借りていた小説、シリーズ三巻の『紅茶刑事の事件簿3～アッサムと珈琲《コーヒー》の邂逅《かいこう》～』を読むことにする。

ダージリン刑事と新米の朝村《あさむら》刑事ことアッサム刑事の前に、元同僚で今は私立探偵の古浦姫子《こうらひめこ》、通称コーヒー探偵が立ち塞がる……。

ミステリー小説だったはずが、いつの間にかダージリン刑事を巡る三角関係のラブコメの様相を呈し始めている。ストーリー展開もさることながら、秀二さんがこれをどんな顔で読んでいるのかが気になってきた。

一章を三回ほど読み返し、気がつけば午後一時を回っていた。

もう午後一時、まだ午後一時。敦久さんは、もう館山駅に着いているかもしれない。

そのお店でランチセットを注文し、食べ終わったところで今度は近くのファミレスに移動した。もし秀二さんが今日中に戻れないようであれば、ひと晩ネカフェで過ごそうと考え調べてみると、館山周辺にはネカフェが存在しないことが判明した。内房線で君津《きみつ》まで出ないとない。いっそ一時的にでも館山から離れた方が安心できるのではと思う一方、私がそこまでしなくてはいけないのは理不尽にも感じた。

ふと思いつき、すっかり《渚》の常連と化した濱野さんに連絡してみることにした。メッセを送ると、すぐに電話がかかってくる。

『なんかあったの？』

簡単に事情を説明して泊まれるところを探している旨を話すと、今は用事で家を空けているが午後八時以降なら来てもいいと言ってくれた。

『大変だねー、あやめっち』

深刻さの欠片《かけら》もないその声に少し肩の力が抜ける。八時まで駅の近くで粘り、秀二さんが帰って来なそうだったら濱野さんの家にお邪魔するということで話がまとまった。

一つの店に長居し続けるのは気が引け、三時間ほどいたファミレスをあとにし、午後四時過ぎに今度は別のカフェに移動した。泊まれるところは確保できたし、怯《おび》えていてもしょうがない。本の続きを読み始め、いよいよ真犯人がわかりそうというところでスマホが震えた。ついビクついてしまったが、それは幸いなことに秀二さんからのメールだった。

『午後七時過ぎに館山駅に着く電車で帰ります』

針で穴を空けたように気が抜けて、座ったまま腰を落とし、すぐに返信する。

『その時間に駅に行くので、一緒に帰りましょう』

秀二さんがいてくれるなら、ひとまずは安心だ。

それに敦久さんだって、駅から遠い《渚》まで、バスもなくなる遅い時間には来ないだろう。葵にはあんなメッセを送ったけど、結局行くのをやめたってこともあるかもしれないし。

濱野さんに『今日のお泊まりは大丈夫そうです』と連絡すると、『また何かあったら連絡しなよ』と返してくれ、色んな安堵も相まってしみじみした。

何も解決はしていないけど、ひとまず落ち着かない一日は終わりそうだ。

朝からはり詰めていた気がようやく緩み、午後六時半前にカフェを出て、私はスーパーで夕食の材料を買い足した。お総菜で簡単に済ませてもよかったけど、できるだけいつもの生活ペースに戻したくて、卵や豆腐をかごに入れる。

そうして今日何度目かわからない館山駅へ向かった。夜空の下に浮かび上がる白い駅舎に心強ささえ覚える。帰路を急ぐ人たちの流れに逆らって階段を上り、今朝と同じ、改札前の待合用のベンチに腰かける。

十分ほど待った頃に音に気づいてふり返ると、内房線の銀色の車両がホームに滑り込んでくるのが背後の窓ガラスから見下ろせた。

秀二さんが帰ってくる。

電車を降りた人たちがすぐに改札に現れ始め、私もスーパーの袋を手にベンチから立ち上がって秀二さんの姿を探した。今朝は確か、青っぽいジャケットを羽織っていたはず……。

「――あやめ！」

けど、私の名前を呼んで改札を通り抜けて来た人は、秀二さんじゃなかった。

明るいベージュ色のジャケット、細身のジーパン、後ろで結んだ伸ばし気味の髪、左耳のピアス。彫りの深い顔立ちにはっきりした目鼻立ちと、見間違えようがない。

敦久さんだ。

やや大きめのトートバッグを肩から提げた敦久さんが、まっすぐこちらにやって来る。

気を抜いて油断していた自分を悔いてももう遅い。動揺のあまり硬直してしまい、逃げる間もなかった。

周囲の目も憚らず、その長い腕が伸びてきて強く抱きすくめられる。

「もしかして、俺が来るって聞いてここで待ってたのか？」

否定しようにも言葉は出ないし身動きも取れない。待っていたどころか怯えて逃げていたというのに、この状況じゃそう思われても無理はない。

敦久さんは黙ったままの私に都合のいい解釈をしたんだろう。小さく笑い、この九ヶ月間のことなど何もなかったかのような口調で言葉を続けた。

「ったく、お前はこんなとこで、ずっと何やってたんだよ」

遠慮も気まずさも感じられず、それどころか慈しみすら含まれたその声に、背筋が凍りついて緩んだ手からスーパーの袋が音を立てて足下に落ちる。

この声、匂い、体温。

何かの間違いであってほしいと思えど、この人が敦久さんであると五感で理解させられた。

脈が急に速くなって呼吸が浅くなる。身を捩ろうとしたが、さらに腕に力を込められてしまう。

「……離してっ」

辛うじて出せた小さな声で抵抗し、顔を上げたときだった。

つい今し方改札を通り抜けた秀二さんと、敦久さんの肩越しに目が合った。

3-II. あの日の紅茶〈Second Flush Darjeeling Tea〉

秀二さんの視線を受け止めた瞬間、身体が一気に熱を持ち、固まっていた腕を渾身《こんしん》の力で前に突き出した。

「――やめてくださいっ！」

敦久さんの身体を無理やり押しやってあとずさる。勢い余ってふらつくと、秀二さんがこちらに駆けてきて腕を支えられた。

「大丈夫ですか？」

何も言えず、支えてくれる秀二さんの腕にしがみつく。

「――あんた何？」

ハッとして顔を上げると、秀二さんの正面に敦久さんが立っていた。身長は敦久さんの方が少し高く、威嚇するように睨みつけている。

「そちらこそ」

けど、秀二さんは怯《ひる》むことなくメガネの奥から視線を返した。

敦久さんはそんな秀二さんを観察するように眺めてから、わずかに口角を上げて答える。

「俺はこいつの彼氏だけど？」

当然のようにそんなことを言われて瞬時に心臓が冷えた。

敦久さんが私を顎で指し示し、秀二さんが目だけでこちらを見る。私が小さく首を横にふると、敦久さんが鼻で笑った。

「そうか、あんたがあやめが転がり込んでるっていう、〝喫茶店の人〟か」

口元に笑みを浮かべ、敦久さんが今にも秀二さんに喰ってかかりそうな雰囲気を見て取り、咄嗟に二人の間に割り込む。

「帰って！　もう関係ないんだから！」

「関係ないってことはないだろ。俺は別れるなんて言ってない」

予想していたうちの最悪のシナリオに顔が引きつった。

固まる私に、敦久さんは今の空気にあまりにそぐわない優しい笑みを浮かべ、聞き分けのない子どもに言い聞かせるように言葉を続ける。

「今度、二号店がオープンするんだ。今戻ってくるなら、そこのスタッフに加えてやれる。――ま、俺も悪かったよ。お互い頭も冷えただろ。いい加減、意地はってないで戻ったらどうだ？」

「今さら……そんなこと頼んでないし！」

「せっかく迎えに来てやったんだろ」

左手首を掴まれ、引っぱられそうになって「やだっ」と声を上げたところを秀二さんが止めてくれた。

「こんなところで騒ぐのは、あまりよくないと思うのですが？」

気づくと、周囲の注目を集めてしまっていた。敦久さんが肩をすくめて手を離してくれ、私は再び秀二さんの陰に隠れた。

「なら場所を変えよう。それで文句ないだろ？」

敦久さんはあくまで好戦的な口調でそんなことを言ってくる。私が何も言えず目で訴えるように秀二さんを見ると、秀二さんはジャケットのポケットから財布を取り出してショップカードを敦久さんに突きつけた。

「彼女もこんな様子ですし、落ち着いてから話をした方がいいと思います。今日はこちらに泊まる予定ですか？」

「まぁ」

「なら明日、そのカードの住所にお越しください。店が開く前、午前十時に来ていただけるとありがたいのですが」

「はぁ？　呼びつけるのかよ」

「そもそも、約束もなしにここに来たのはそちらでしょう？」

秀二さんは固い表情でそれだけ言って、私が落としたスーパーの袋を拾う。

「あやめさん」

けどかけてくれた声だけは優しくて、促された私は敦久さんに背を向けた。

そのまま無言で駐車場に到着して秀二さんは車を出したが、すぐに路肩に停め、助手席の私に静かに問いかけた。

「どういうことか、説明していただけますか？」

動揺が抜けない私の一方、秀二さんはあくまで冷静で、それがまた私の焦燥感をいっそう煽《あお》る。

「本当に、あの人とはもうなんでもなくて……」

あんな風に、人前で抱きしめられたところを見られてしまったのを思い出して涙が滲んできた。秀二さんにだけは見られたくなかったのに……。

唇を噛んで俯いていたら、「落ち着いてください」とそっと頭を撫《な》でられた。

「あなたを責めているわけじゃありません。あの人が誰で、どうしてここに来たのかを知りたいだけです」

頭に触れていた手が降りて、髪を結んでいるシュシュに触れる。秀二さんが誕生日にくれたもの。

顔を上げると、まっすぐな目とかち合った。

「でないと、力にもなれないでしょう？」

静かに肺の中の空気を吐き出すと、自分がずっと息を詰めていたことに気がついた。

そのまま大きく深呼吸し、滲んでいた涙を手の甲で拭って話しだす。

敦久さんが、かつて一緒に暮らしていた元カレであり、職場の上司でもあったこと。

葵と敦久さんが連絡先を交換していたこと。

葵が、敦久さんに私の所在を教えるメッセを送ったこと。

そして今朝、葵に届いたメッセのこと。

ひととおり話を聞くと、秀二さんはハンドルに腕を置いて考え込んでしまった。

「すみません……」

小さくなって謝ると、秀二さんはこちらに顔を向けて訊いてくる。

「これまで、あえて詳しく訊かずにおいたのですが。あなたが初めてここに来たときの状況を、詳しく教えてもらえませんか？」

「詳しくって言っても……浮気されて部屋を飛び出して、勢い余って館山に来たとしか」

そのことは、秀二さんだって重々承知しているはずだ。

「部屋を出た際、別れ話はしたんですか？」

「『出てけ』って言われたので、何も話さず出てきました」

「仕事も辞めたんですよね？　辞表は？」

「特には……」

「ここに来てから、一度でも連絡はしましたか？」

「スマホ、海に捨てちゃったし……葵が代わりに連絡してくれてましたけど」

部屋を飛び出した勢いで館山に辿り着き、ハイになったテンションに任せるまま、房総フラワーラインを歩きに歩いて南下して、辿り着いた海岸でスマホを捨てた。秀二さんに「自殺でもするんですか？」などと声をかけられたのは、その直後のことだ。

秀二さんは眉間を揉んで考え込み、やがてハンドルに突っ伏すように顔を伏せて嘆息した。

「つまり、別れ話もせず辞表も出さず、スマホも捨てて音信不通、失踪するように姿を消した、と」

こうやってまとめられると、自分のことながらヒドい姿の消し方だ。けどすべて事実だし、素直に「はい」と応えるしかない。

「そんな形で姿を消されたら、さぞ寝覚めが悪いでしょうね。それなりに、あなたのことを心配していたのかもしれませんよ」

「で、でも！　浮気現場に遭遇したのに、謝罪の一つもなかったんですよ⁉　腹が立って当然じゃないですか！」

ゆっくりと顔を上げ、秀二さんは怒りを露わにする私に同意するように頷いてくれた。

「腹が立つのは当然ですし、あなたにはその権利もあると思います」

肯定してもらえてホッとしたのもつかの間、「でも、」と秀二さんは言葉を続ける。

「それとこれとは別の話です」

今度は私がダッシュボードに突っ伏した。

「もう顔も見たくないのに……なんでお店に来いなんて言っちゃうんですか？」

「本当に顔を見たくないのなら、ちゃんと話をして縁を切るべきです。でないと、今追い返しても同じことのくり返しになるかもしれませんよ」

正論すぎて何も言えない。秀二さんはいつだって正しいし、感情で動いてばかりの私とは違うんだって思い知らされる。

私が黙ると、秀二さんは車を発進させた。

夜の町は人も車も少なく、海岸沿いの街灯が勢いよく通り過ぎていく。

「……私、敦久さんとちゃんと話せる自信がないんです」

ポツリと漏らす。秀二さんの返事はなかったが、聞いてくれているのはわかった。

「いつも言い負かされちゃって。話したってちゃんと聞いてもらえないし……」

赤信号で車が停まると、「わかる気がします」と返ってくる。

「自分を中心に世界が回っているタイプなのでしょう」

「なら――」

「それでも、あなたが話をするしかないんですよ。第三者でしかない私にできることは、そのための場を用意することくらいです」

絶対的に正しく反論の余地などないその言葉に、でも私は一人で勝手に傷ついてしまう。

私と敦久さんの問題なのだから、秀二さんは第三者でしかない。当たり前のことなのに。

その後は会話も続かず、黙ったまま《渚》に着いた。

キッチンでスーパーの袋の中身を出すと、落とした弾みで卵が割れてしまっていた。透明なパックの中でたゆたう白身と殻の欠片を見つめ、諦め半分でパックを開けると、それでも無傷な卵が二つだけあった。

わかってる。私がやれることを、私がやるしかない。

◇◆◇

余計なことを色々と考えてしまってあまり眠れなかったが、翌朝、冷たい水で顔を洗って気合いを入れた。そうしていつもどおり秀二さんに挨拶して朝食をとり、いつもより少し早いペースで開店準備を進めてく。

表面上は普段どおりの会話を交わしながらも、うっすらと漂う緊張感に徐々に胃が強ばっていくようだった。秀二さんも気を遣ってか、敦久さんのことは何も言ってこない。私は気を紛らわせるようにスコーンやシフォンケーキを焼き、店の内外の掃除を済ませ、一段落ついたところでカウンターにいる秀二さんに声をかけた。

「私、昨日の夜、話を聞いてもらうにはどうしたらいいかなって、自分なりに考えたんです。それで——」

私が考えた案を説明すると、秀二さんはすぐに受け入れてくれた。

朝からはっていた緊張の糸がわずかに緩み、その分だけ力がわいてくる。

「言いたいことが言えるといいですね」

「はい。『私はここにいたい』ってちゃんと伝えます」

するとふいに「ありがとうございます」と礼を述べられた。

面倒をかけただけで感謝されるような心当たりがなく、首を傾げると「別におかしくないでしょう」としれっと言う。

「ありがたいと思ったから礼を言っただけです」

……私がここにいたいと思ってることに対して、だろうか。

訊くべきか訊かざるべきか、じれったく思っているとその機会は遠退いた。

午前十時、店のドアが開いた。

荷物はどこかに預けてきたのか、手ぶらで現れた敦久さんは、開口一番に「昨日は失礼しました」とにこやかに秀二さんに昨日の非礼を詫《わ》びた。

「葵田さんから聞きました。あやめに色々よくしてくれたそうで」

葵がきっと何かメッセを送ってくれたんだろう。腹の内はわからないが、少なくとも秀二さんとまっ向からやり合う気はなさそうで少し安堵する。

一方、秀二さんは謝罪にはこれといって応えず、表情も変えなかった。「こちらへどうぞ」と敦久さんをカウンター席に促し、自分は一歩下がって私に目配せする。あとは黙って見守るつもりなんだろう。

私は再びの緊張で身体を固くしていたが、静かに深呼吸してカウンター越しに敦久さんに声をかけた。

「ここまで来てくれて、ありがとう」

「あぁ」

表面上は愛想のいい返事だったが、内心の苛立ちを抑えているのはわかる。けど、あくまで穏やかに敦久さんは話しかけてくる。

「急にいなくなって、こんなところにいるんだもんな。元気だったか？」

「それは、もちろん」

「ならよかった。ま、お前は身体が丈夫なのが取り柄だっていつも自慢してたしな。元気だろうとは思ってたけど」

互いの出方を探るような間があり、私は思い切って切り出した。

「紅茶、ごちそうしてもいい？」

「紅茶？」

敦久さんはテーブルに頬杖をつき、カウンターのすみに立っている秀二さんの方を見る。

「佐山さんが淹れるんですか？」

「いえ」

敦久さんが私に目を戻したので、努めて明るく声をかける。

「今日は、私が紅茶を淹れます」

昨日の夜、ここに来てからの色んなことを思い出した。

海岸で秀二さんが声をかけてくれたこと。

ご近所さんたちと仲よくなったこと。

色んなお客さんが《渚》を訪れてくれたこと。

秀二さんのお兄さんやお母さんも訪れ、《渚》のことを知ってもらったこと。

懐かしくも大切な記憶に勇気づけられつつ、敦久さんに今の私を知ってもらい、説得するにはどうしたらいいかを思案し、そして一つ考えた。

私がここで働いているのだと理解してもらう、そのための一杯を淹れたらどうか、と。

私が紅茶を淹れたいと申し出ると秀二さんはすぐに賛成してくれ、こんなことを漏らした。

――あなたがここで『紅茶を淹れたい』なんて言う日がくるとは、思いもしませんでした。

もちろん、私だってそんなことは思っていなかった。

予想外のことが起きるのが人生なんだと強く実感する。

一年前の今頃は東京で美容師をしていて、目の前にいる敦久さんと暮らしていた。それが一年後には、房総半島の南で秀二さんと過ごす生活が大事でしょうがなくなるなんて、誰に想像できただろう。

私は普段接客するようにメニューを開き、敦久さんに見せた。

「よければ茶葉、選んでください。聞いてもらえればおすすめもできるし——」

「茶葉とかよくわかんないから好きにしてくれ」

ぞんざいな口調で突っぱねられて出鼻を挫《くじ》かれた。でもこれくらいは想定内、気を取り直してやかんを火にかける。

少し迷ったものの、私は定番中の定番、ダージリンのセカンドフラッシュの茶葉に決めた。初めて《渚》を訪れたとき、秀二さんが出してくれた紅茶でもある。

あの一杯が、ささくれ立っていた私の心を和ませてくれた。大事な、大切な思い出の一杯。

あのとき、秀二さんはおいしい紅茶の淹れ方、ゴールデンルールを教えてくれた。

それを心の中で復唱しつつ、茶器を用意していく。

新鮮で良質な茶葉を使う。

ティーポットを温める。

茶葉の分量を量る。

沸騰した瞬間の熱湯を使う。

茶葉を蒸らす間、ゆっくりと待つ――

蒸らし用のガラス製のティーポットに熱湯と量った茶葉を入れ、砂時計を立てたところで、敦久さんに手元を覗き込まれた。

「紅茶ってそんなに手間がかかるのか？」

「ちゃんと手順があるから」

ここで紅茶を淹れる秀二さんを初めて見たとき、何も知らなかった私も同じようなことを訊いた。

けど、今はそうじゃない。

紅茶を蒸らしている間にスコーンも温め、葵が気に入ってくれたびわのジャムを添える。そしてティーカップに紅茶を注ぎ、立ち上る香りに自然と表情が緩むのを感じつつ、敦久さんに出した。

「どうぞ」

待ちくたびれたのか、敦久さんは礼も言わず、冷めた目で紅茶を口にした。途端に速くなる鼓動を抑えつつも、そっと声をかける。

「その紅茶、ダージリンの――」

けど、敦久さんはそんな私の言葉を遮った。

「そういうのはいいから」

カップはソーサーの上に戻され、スコーンは手をつけられることもなかった。敦久さんは苛立ちをもはや隠そうともせずにこちらを睨《ね》め上《あ》げる。

「こんなところまで、わざわざ紅茶の話をしに来たんじゃないことくらい、お前だってわかってんだろ」

たちまち身体が強ばるのを感じつつ、「でも」と口を開きかけたが、すぐに黙らせられた。

「お前の話をしに来たんだ」

淹れたての紅茶もスコーンも、こうしている間にどんどん冷たくなっていく。理解してもらおうなどと考えていた私の気持ちも、次第に温度を失った。

「……わかってる」

私はカウンターから出て座った敦久さんの隣に立ち、エプロンのポケットに入れていた封筒を両手で差し出した。

「何？」

「今さらだけど、辞表です」

昨日の夜に作った。筋を通すなら、これしかないと思ったのだ。

「今はここでこんな風に仕事をしてるので、もう戻りません」

敦久さんは封筒を受け取ったものの、中を見もしないで叩きつけるようにテーブルの上に置く。

「仕事、ねぇ……」

「そうです。だから――」

「本当にそれでいいのか？」

咎《とが》めるように鋭く問われて言葉に詰まる。

「お前、あんなにがんばってただろ。俺はお前のそういうところ、買ってたから声をかけたんだ。そういうの、全部なかったことにしていいのか？」

「それはもう、決めたので」

「考え甘いんだよ」

既視感を覚える。

いつもこうだった。

こうやって否定されて、最後は丸め込まれてなぁなぁになってしまう。

敦久さんは睨むようだった目を少し和らげ、今度は優しい口調になって私の腕に触れてくる。

「まだ一年経ってないし、今戻ればすぐに勘も取り戻せる。――昨日も言ったけど、今なら二号店のスタッフに入れてやれる。あと少し腕を磨けば、担当だって持てる。担当持ちたいって、お前、ずっと言ってただろ」

「それは過去の話で……」

腕に触れた手をふり払おうとしたけど、逆に強く手首を摑まれた。

「今は行き当たりばったりでいいかもしれないけど、あとで後悔するぞ。手に職つけたいって自分でも話してただろ」

そんなようなことを、何度も何度も口にしたのは確かに私だ。

「でもそれには理由があって――」

「口答えすんな！」

強い口調で遮られて反射的に目をつむり、蘇った記憶も相まって心臓まですぼまるように感じた。

――ある程度、予想はしていたけど。まさか、ここまで話ができないとは思ってなかった。

かつてはこういうところが好きだった。自信に満ちていて強引だけど、それについていきさえすれば面倒見もよくて優しいところもあった。気に障ることを言って叱られても、それすら私のことを考えてくれているから、守ってもらえているからだと思えて嬉しかった。

だからいつも、機嫌を損ねないよう、余計なことを言わないよう、従順にしていようと顔色を窺ってばかりいた。実際、それくらいなんてことなかったのだ。愛想を尽かされて一人になるより、ずっとずっとマシだったから。

……そんな自分の愚かさが嫌になる。その結果が今のこの状況だ。

考えるための時間も、冷静になるための時間も、互いにあれほどあったはずなのに。言い負かせれば、言いくるめられれば、包容力があるところを見せれば、私が戻ってくると、この人は今でも本気で思ってる。

あんな風に、私に「出てけ」と簡単に言ってしまえたくせに。

今ならわかる。本当に大事で手放したくなかったら、そんな言葉は絶対に口には出せないのだ。

私はもう、何を言っていいのか、言うべき言葉があるのかすらわからなかった。それでも私の手首を掴んだまま、私の考えなんて無視して敦久さんは言葉を続ける。

「俺はお前のためにアドバイスしてやってんだ。今なら許してやるって言ってんだよ。だから——」

敦久さんはそこで言葉を切り、一方、ふいに手首を解放された私は顔を上げた。

「どうして彼女の話を聞かないんですか？」

敦久さんの手をどけてくれたのは、秀二さんだった。

これまでずっとカウンターのすみで様子を見ていた秀二さんが、今は私を背に庇うように敦久さんと対峙《たいじ》している。

敦久さんのようにあからさまに睨むようなことこそしていないものの、その声は何かを抑えつけるように固い。

「彼女がどうするかの話でしょう？　なぜ彼女の話を聞かないんです？」

けど敦久さんもそれで怯むようなことはせず、鼻で笑って答えた。

「こいつ、いつも考えなしに行動してばかりなんですよ。年上の俺がちゃんと面倒見てやらないと」

「彼女は立派な大人です。彼女がどうするかは、彼女が自分で決めるべきことでしょう？」

するると、敦久さんはテーブルに片肘をついて嘆息した。

「葵田さんから聞きましたけど。佐山さん、ただの同居人なんですよね？　何も知らない人は、ちょっと黙っててもらえます？」

「そうですね」

そう即答しながらも秀二さんは続ける。

「あなたの話を聞くまでは、黙っていようと思っていました」

秀二さんは、カウンターテーブルのティーカップを指差した。

「彼女がその紅茶の淹れ方を覚えるために何度練習したか、そのスコーンを作るためにどれだけ試行錯誤したか、あなたにわかりますか？」

半分も減っていない紅茶、手もつけられていないスコーン。それらに、抑えていた悔しさや悲しさがこみ上げてくる。

「……知るか、そんなの」

その言葉に秀二さんは頷き、「もちろんそうでしょう」と応えた。

「あなたはなんにも知りません。今日、初めてここに来たのですから当然です。――なのに、どうして彼女を頭ごなしに否定するんです？　彼女のことを何も知らないのは、知ろうともしないのはあなたの方でしょう？」

堪えようもなく目の縁が熱くなって息を詰める。

言い換えればその言葉は、秀二さんは私のことを知っている、とも取れるものだった。

秀二さんは、今の私も、私ががんばってきたことも見てくれていた。認めてくれていた。その事実が静かに落ちて胸が震える。

敦久さんは席を立ち、秀二さんを正面から睨みつけた。秀二さんは微動だにせず、冷たい視線でそれに返す。

「俺とこいつの問題だ。他人は黙ってろって言ってんだ」

「『共同生活に関わることは一人で判断しない』――これは、私と彼女の問題でもあります。いくら言っても学ばないお節介な鳥頭ではありますが、それでも彼女を慕う常連客も多いんです。一方的に店を辞めさせることができるなんて思わないでください」

……せっかく感動していたのに。

私は思わず、秀二さんの七分袖のシャツの肘を引っぱった。

「なんです？」

「秀二さん、ひと言多いです……」

「それはすみません」

なんて軽く応え、秀二さんは口の端にわずかに笑みを浮かべる。

「頭に血が上ってつい本音が漏れました」

「こういうときくらいオブラートに包みましょうよ!?」

「事実なんだから仕方ないでしょう。人類に進化できないあなたが悪いんですよ」

「わ、私だってちょっとくらい――」

木の板が鳴る鋭い音に私たちは口をつぐんだ。敦久さんがカウンターテーブルを手のひらで叩いたのだ。

敦久さんは苛立ちつつも、怪訝そうに眉を寄せて訊いてくる。

「どうかしてる」

「え？」

「お前、こんなんじゃなかったろ。どうした？」

思わず秀二さんと視線を交わし、それから敦久さんを見た。

「私、ずっと『こんなん』ですよ。こんなんじゃなかったって言うなら、敦久さんがそうさせてくれなかったってことでしょう」

「なんだと？」

「そうやって……口答えするとすぐ怒る。話だって、いつも聞いてくれなかった。私が何をしたって、見てさえくれない」

私は視線を逸らし、どうしようもない空しさを覚えつつティーカップに目を向けた。

「敦久さんは、何も変わってない」

敦久さんは黙った。初めて私の言葉が届いたのかもしれない。

けど、もう遅い。何もかもが遅すぎる。

気まずい沈黙ののち、やがてまとめるように秀二さんが口を開いた。

「余計な口出しついでに一つだけ言います。――私は、彼女の意思を尊重します。彼女がここに残るか、それともここを出て美容師の仕事に戻るか、それは彼女の自由ですし、私がどう思おうが本来口出しすべきことではありません」

敦久さんは無言で秀二さんを睨みつけるが、その目からはもうさっきまでの勢いは失われかけつつあった。

秀二さんはそして、きっぱりと断言する。

「でも、あなたと一緒に戻ることだけは反対します」

その言葉に私は息を呑み、敦久さんの目はさらに細められた。

口を挟むことを許さない空気のまま、秀二さんは少し早口になって言葉を続けていく。

「自分が浮気して彼女を追い出したくせに、あなたは『許してやる』と言いました。彼女がどんな気持ちでここに辿り着いたのかなど、微塵も考えようともせずに」

「それは悪かったと――」

「悪いと思っていてその態度なのでしょう？　彼女がどんな思いでその一杯をあなたに淹れたのか、あなたは何も知らないし、考えようともしない！」

秀二さんはらしくなく、ヒートアップするように徐々に語気を荒らげていって。

最後は怒鳴るように言い放った。

「そんな人に、彼女は絶対に渡しません！」

狭い店の中に秀二さんの声が響き、すぐに消えた。

敦久さんは顔を赤くして拳を震わせた。

私は身体が熱くなり、こみ上げそうになるものを必死に堪えた。

そして秀二さんは静かに息を吐き出したのち、いつものクールな表情に戻り、冷たい声でひと言だけ告げた。

「──どうぞ、お引き取りください」

敦久さんが殴りかかりそうな勢いで前に出かけたのに気づき、今度は私が止めた。左手を伸ばしてテーブルに置かれたままになっている辞表を掴み、その胸に押しつける。

「仕事の面倒見てくれて、よくしてくれたことは感謝してる。でも私、敦久さんとは戻らない」

「……まだ許せないってことか？」

押しつけられた辞表を手にし、それでもなお訊いてくる敦久さんに首を横にふる。

「どうでもいい」

「は？」

「許すとか許さないとか、そういうのもう、どうでもいい。どうでもよくなるくらい時間が経ってるってこと、本当はわかってるでしょう？」

答えはなかったけど、それで十分だ。

もっと早くこうすべきだった。

向き合うことから逃げたって、なんにもならなかったのに。

私は敦久さんの顔をまっすぐに見据える。

「今私がやりたい仕事はここにあるし、いたいと思うのもここだから」

そして、思いっきり息を吸った。

「もうここには来ないでくださいっ！」


嵐のような一時《いっとき》にものすごく長い時間が経ったようだったけど、時計を見るとちょうど十時半になったばかりで拍子抜けした。わざわざここまで来た敦久さんは、結局、店に三十分もいなかったということだ。

無駄になってしまった紅茶とスコーンを見つめていたら、すぐそばで盛大なため息をつかれた。

「あなた、男を見る目がなさすぎなんじゃないですか？」

疲れたように眉間を揉む秀二さんに反論などできるわけもなく、「すみません」と小さくなる。

「ご迷惑ばかりおかけして……」

けど、ふいに伸びてきた手が頭に乗せられ、謝罪は最後まで口にできなかった。おまけに、「申し訳ありません」と私の方が謝られてしまう。

「なんで謝ってるんですか？」

「あの男と話をしろなどと、言うべきではなかったなと」

触れられた頭のてっぺんがじんわり温かくなるのを感じつつ、思わず笑った。

「ここで謝るお人好しなんて、秀二さんくらいですよ」

くしゃっと私の頭を撫で、名残惜しくも離れていくその手を見つめてから、私は心からの感謝を述べる。

「怒ってくれて、ありがとうございました」

自分は第三者でしかないと言っていた秀二さんが、あんな風に割って入ってくれるなんて夢にも思わなかった。

私の分まで怒ってくれたことも、口にしてくれた言葉も、何もかもがありがたすぎて胸はいっぱいになっている。

「ああいうのはガラじゃないんです」

そう応えた秀二さんはわずかに眉を寄せ、さも決まりが悪そうだ。

「でも、嬉しかったですよ」

「……おかげで、余計なことをたくさん言った気がします」

秀二さんはカウンターに入るとやかんを火にかけ直し、そして私に訊いてくる。

「一杯いかがですか？」

開店まであと三十分。ティーブレイクには十分かもしれない。

Epilogue　約束の紅茶〈First Flush Darjeeling Tea〉

秀二さんが出してくれたのは、澄んだ黄金色の紅茶だった。

ヌワラエリアを思い出す若葉のような香りだが、それより少しすっきりしていて甘みが強い。どことなく上品さも感じられるその香りに、出されてすぐに店のメニューにはない茶葉だとわかった。

「これ、なんのお茶ですか？」

訊かずとも答えはわかるような気がしたが、返ってきた答えはやはり予想どおりだった。

「ダージリンのファーストフラッシュです。前に、あなたも見たでしょう？」

「私の時給よりもお高い？」

「そうです」

秀二さんは私の隣に腰かけ、自分のカップを静かに傾ける。

「いいんですか？　お高いのに……」

「いいから出してるんですよ」

恐れ多く思いつつも、そっとカップに口をつけると、渋みをほとんど感じられないさっぱりした味わいだった。喉を通ると爽やかな香りが鼻を抜けていく。

「……おいしい」

さっきまでのあれこれが遠退き、気持ちが解けて頬が緩む。

「ゆっくり飲みたいのに、あっという間に飲み切っちゃいそうです。香りもいいですね」

「ダージリンは香りのよさもあり、『紅茶のシャンパン』と呼ばれていたりもします。茶葉はまだ残っていますので、気に入ったならまた出しますよ」

「それは嬉しいですけど……秀二さんが飲みたくて買ったんですよね？」

「一緒に飲めばいいでしょう」

さも当然のようにそう答え、秀二さんは穏やかな笑みを浮かべてカップを口元に運んだ。

そのあとは黙って紅茶を味わった。会話がなくとも和やかな空気に、肩の力が抜けて心がゆるりと凪いでいく。

そうしてカップが空になると、秀二さんは先に席を立った。

「少し話をしたいのですが、かまいませんか？」

秀二さんは自分のカップを下げ、一度居住スペースに引っ込むとすぐに戻ってきた。

その手にあるものに気づき、あれ、と思う。

四つのルールを清書したメモだった。

私が空になったカップを下ろすと、秀二さんは私の前のテーブルにそれをそっと置く。

「一つ、提案があります」

らしくなくどこか緊張した面持ちで切り出され、私は座ったまま姿勢を正して見返した。

「けど、これは私の個人的な希望です。意に沿《そ》わなければ、もちろん現状のままでもかまいません」

回りくどいまでの前置きをしてから、秀二さんはメモを指差した。

「四つ目のルールを、削除させていただけないかと思っています」

『どちらか一方の申し出により、いつでも関係を解消できる』

この関係は強制力があるものではないということを明示するための、互いを必要以上に縛りつけないためのルール。

「……どうして、ですか？」

このルールの存在に不安を抱き始めていたのは事実だ。それでも、訊かずにはいられなかった。それこそ、ルールの意義をわざわざ念押ししてきた秀二さんのポリシーに反するような気がしてならない。

「さっきあの男に言ったとおりです。あなたには、自分の道を自分で決める権利があります」

秀二さんは私を尊重してくれる。それは前からわかってる。

「けど、」

そこで一度言葉を切り、秀二さんは何かを諦めたような顔になった。

「私個人は、あなたにここにいてほしいと思っています」

思わず息を呑んだ。

――出ていってほしいと言っているわけではありません。

そんな風に言ってくれたことは、これまでだって何度もあった。

けど、こんなにもはっきりと、「ここにいてほしい」と言われたのは初めてだ。

「自分勝手なことはわかっています。ですが、そんな私情故に、このルールをなくしたいと思いました」

震えかける唇に力を込め、そっと言葉を返した。

「私……出ていったりしません」

「わかっています。ですので仮定の話です。もしあなたがそういう決断をすることがあれば、口出しくらいしたいという希望です。けど、そのためには四つ目のルールが邪魔になる」

納戸に閉じ込められたとき、もしそういうことがあれば、引き留めることはしないと秀二さんは告げた。そういうルールになっているからと。

けど今は、そのルールをなくしたいと言ってくれている。

秀二さんは目元をわずかに緩め、何かに観念したような、静かで穏やかな声で私に告げた。

「あなたのことを、大切に思っています。そばにいてほしいとも」

言葉がまっすぐ胸に落ち、身体の奥で熱に変わる。

伝えたい想いは抱え切れないほどあるのに、全身が心臓になってしまったように脈打ち、その目を見つめ返すことしかできない。

そんな風に反応できずにいると、秀二さんは苦笑して自嘲気味に呟いた。

「こんなことを言っては、あの男と大差ないですね」

「そんなこと、」

「もちろん、あなたが嫌ならルールのことは強制しませんし――」

私は勢いよくカウンター席を立ち上がって続きを遮った。

それから、握手を求めるように右手を秀二さんの前に出す。

「ジャンケンしましょう！」

「は？」

「ジャンケンで秀二さんが勝ったら、ルールを削除してもいいです。ジャンケンしてくれないなら、今すぐここから出ていきます！」

私の宣言にポカンとした秀二さんは、やがて額に手を当てた。

「またわけのわからないことを……」

「ジャンケン、しますか？　しませんか？　してくれないなら私、出ていっちゃいますよ？」

「……します。すればいいんでしょう」

そうして渋々、秀二さんもその手を出す。

「一回勝負ですからね！」

「いつだってそうでしょう」

「じゃあ、いきますよ――」

そうして、私たちはそれぞれ手を出して。

勝敗は決した。

「――どうして、」

あ然として秀二さんが呟く。

秀二さんはチョキを、私はパーを出していた。

動揺した様子の秀二さんに、私は満面の笑みで応える。

「秀二さん、私がグーを出すと思ったんですよね？」

一昨日、私とジャンケンをした葵が教えてくれた。

――面白いから、今までずっと黙ってたんだけどさ。あやめって、ジャンケンの最初の手、ほぼ百パーセントでグーだよね？

秀二さんとは、あんなに年がら年中ジャンケンをしていたのだ。葵が気づいてたそれを、秀二さんが気づかなかったわけがない。

けど、私はこれまでその事実に気がつかなかった。それはひとえに、秀二さんが私にジャンケンで勝ったり負けたりしていたからにほかならない。いつもいつも負かされていたら、さすがの私だって気がついたはずだ。

そうして思い返してみれば、秀二さんがジャンケンで負けるのは、お菓子とか夕食のメニューとか、些細な事柄を決めるときや、私に積極的に何かを譲りたいときばかり。

ここぞというとき、私が無茶を言ったときや面倒な事柄が絡んでいるときは、絶対に私に勝たせない。

秀二さんは自分の手を見つめたまま固まっていた。そのチョキの手を、私はそっと両手で包む。

「ルールを削除したいって言ったくせに、結局、負けようとするんじゃないですか」

「それは……だって、無理強いなんてできないでしょう」

「秀二さんは、敦久さんとは違います。あの人だったらきっと、ズルい手を使ってでも勝ちにきますもん」

困惑が抜け切らない顔の秀二さんに笑みを向け、私はその手を包む両手に力を込めた。

「私は、私のためにジャンケンで負けようとしてくれる、そんな秀二さんのことが好きなんです。ずっとずっと、好きでした。嫌なわけなんて、あるはずないじゃないですか」

そっと秀二さんの手を離すと、私は胸ポケットに入れていたボールペンを取り出し、そして。

『どちらか一方の申し出により、いつでも関係を解消できる』

メモに書かれていた四つ目のルールを二重線で消した。

「今日の勝負は秀二さんの勝ちです。これで、ルールは三つですね」

そう笑いかけた瞬間。

伸ばされた腕に抱き寄せられた。

まるで何かから守るように優しく包み込まれ、私もそっと腕を回す。

「……勝ったのに負けた気分です」

ポツリと呟かれた言葉に、その腕の中で思わず笑った。

「これでもう、ジャンケンで勝ったり負けたり好きにできませんからね」

「どうでしょう？　それならそれで、別の方法を考えるまでです」

顔を上げると、近い距離で目が合った。柔らかい笑みに見下ろされ、回した腕に力を込めた。

あとがき

最後までお読みいただきありがとうございました、神戸《こうべ》遥真《はるま》です。今作はメディアワークス文庫としては四冊目の著書、そして今年二月に発売の『ニセモノ夫婦の紅茶店～あなたを迎える幸せの一杯～』の続編となります。

前巻執筆時・発売前には、このあと二人はこんな風になるのかなーとぼんやりしたイメージはあれど、続編のことなど正直まったく頭にありませんでした。それが発売直後からたくさんの感想や続編をというお声をいただくことができ、めでたく続編を出せることに！　本当にありがとうございました！

私もあやめと秀二の二人にまた会えて、こういうお話を用意できたことがとても嬉しいです。

そういった事情もあり、この続編、わりとスピーディに作業を進めたわけですが、三月の頭に急遽取材へ行ってきました。前回と同じく館山、そして二章であやめと秀二が登った鋸山です。千葉といえばの鋸山。いつかは小説に登場させたいと思っていたのですが、遂に念願叶いました。

鋸山には大学時代に友人と登ったことがあり、記憶ではそこまで大変な登山ではありませんでした。なので今回も余裕だろうと思っていたのですが、体力の衰えもあってか、まぁとんでもなくしんどかったです。実際に登る前は、秀二は体力がないから登山はさぞしんどかろう、などと思っていたので、バカにしてごめんなさいという気持ちになりました。

そしてごめんなさいと言えば。この取材中、体力が衰えている上に足も弱っていたのか、道中に足を捻挫しました。なので取材時には、作中に出てくる鋸山最大の見どころでもある、大仏まで辿り着けず……。私も大仏を見て小さなお地蔵さまを買いたかったです。

という感じで捻挫してしまったので、前巻のあとがきで「サイクリングをしたい」と書いたものの、こちら今回も果たせず仕舞いに……。せっかく翌日にサイクリングをしようとその日の晩は館山に泊まったのに、無念極まりないとはこのことです。また機会があったら今度こそ。

かくして今シリーズ、前回取材時は熱中症、今回取材時は捻挫と満身創痍で書いています。応援いただけますと嬉しいです……！

さて、今回はあとがきにいつもの倍ほどページをもらっているので、キャラ二人についても書こうと思います。

まずは、主人公のあやめについて。思考パターンが単純なこともあり、かなり書きやすいキャラです。基本設定は強くたくましい雑草女子。ポジティブで明るい反面、生まれ育った環境や家庭の影響もあって他人との距離感を摑むのが苦手です。過度なお節介を焼いてしまうのもそのため。

そして今回、元カレが出てきましたが、相手に合わせすぎてダメンズを製造しがちです（もちろん相手にもそれなりに問題はありますが）。前巻執筆時からあやめのダメンズ製造器っぷりは私の中で定評があったので、今回書けてよかったです。

次に秀二について。なんだかんだ根っこの優しい大人です。基本設定は世間知らずの箱入り息子。ある意味あやめはスレた部分があるのですが、秀二は温室育ちなので口ではあれこれ言いつつも、そこまで人を疑わないお人好しな部分があります。

あんなに家電が使えないのに、あやめが来るまでどうやって生活していたのかと疑問を持たれていた読者様がいらっしゃったのですが、秀二は《渚》に引っ越すまでは実家（豪華・広い・通いの家政婦つき）で暮らしていたので、家事とは無縁な生活を送っていました。そういう意味でも温室育ち。

そういえば担当さんが秀二のことをよく「ポンコツ」と呼んでいてツボなのですが、そんなポンコツな秀二にもかかわらず、読んでくださった方がちゃんと胸キュンしてくださって私はとてもホッとしています。

それでは最後に謝辞をば。

今回短い期間でしたが何かと対応してくださいました担当様、前巻に引き続き素敵な表紙イラストを描いてくださいましたLaruha様、校閲様、デザイナー様などこの本に関わってくださったすべての方にお礼申し上げます。

また、前回は熱中症、今回は捻挫と、取材に付き合わされる度に私の看病までするハメになるうちの家族にも感謝を。

そして、前巻に引き続き今作も読んでくださいました読者様、本当にありがとうございました！

また別の作品でお目にかかれましたら嬉しいです。それではまた。

二〇一九年　神戸遥真

〈参考文献〉

『紅茶のある食卓』、磯淵猛、集英社、２００１
『一杯の紅茶の世界史』、磯淵猛、文藝春秋、２００５
『紅茶をもっと楽しむ12ヵ月』、日本ティーインストラクター会、日本紅茶協会監修、講談社、２００５
『しあわせ紅茶時間』、斉藤由美、日本文芸社、２０１５
『厳選紅茶手帖　知ればもっとおいしい！　食通の常識』、世界文化社、２０１５

本書は書き下ろしです。

メディアワークス文庫

ニセモノ夫婦《ふうふ》の紅茶店《こうちゃてん》

～あの日《ひ》の茶葉《ちゃば》と二人《ふたり》の約束《やくそく》～

神戸遥真《こうべはるま》

2019年7月25日　初版発行
2024年9月20日　3版発行

発行者　山下直久
発行　株式会社KADOKAWA
〒102－8177　東京都千代田区富士見2－13－3
0570-002-301（ナビダイヤル）
装丁者　渡辺宏一（有限会社ニイナナニイゴオ）
印刷　株式会社KADOKAWA
製本　株式会社KADOKAWA

●お問い合わせ
https://www.kadokawa.co.jp/（「お問い合わせ」へお進みください）
※内容によっては、お答えできない場合があります。
※サポートは日本国内のみとさせていただきます。
※Japanese text only

※定価はカバーに表示してあります。

Printed in Japan
ISBN978-4-04-912690-7 C0193

メディアワークス文庫　https://mwbunko.com/

本書に対するご意見、ご感想をお寄せください。

あて先
〒102-8177　東京都千代田区富士見2-13-3
メディアワークス文庫編集部
「神戸遥真先生」係

百鬼夜行とご縁組
～あやかしホテルの契約夫婦～

マサト真希

仕事女子×大妖怪のおもてなし奮闘記。

「このホテルを守るため、僕と結婚してくれませんか」

結婚願望0%、仕事一筋の花籠あやね27歳。上司とのいざこざから、まさかの無職となったあやねを待っていたのは、なんと眉目秀麗な超一流ホテルの御曹司・太白からの“契約結婚”申し込みだった!

しかも彼の正体は、仙台の地を治める大妖怪!?　次々に訪れる妖怪客たちを、あやねは太白と力を合わせて無事おもてなしできるのか――!?

杜の都・仙台で巻き起こる、契約夫婦のホテル奮闘記！